삶, 그 아름다운 추억

Life, The beautiful memory

李純子 수필집

사단법인 한국수필가협회

초판 발행 2016년 10월 29일
지은이 이순자
펴낸이 한국수필가협회
펴낸곳 한국수필가협회 **북 디자인** Micky Ahn **교정 교열** 백이랑

등록 2005년 3월 22일
등록번호 제 2011-000098호
주소 서울시 마포구 양화로 156 엘지팰리스 1906호
전화 02-532-8702~3 **팩스** 02-532-8705
전자우편 kessay1971@hanmail.net
공급처 코드미디어 T 02-6326-1402

ISBN 979-11-87221-04-3 03810

정가 13,000원

Life, The beautiful memory

삶, 그 아름다운 추억

李純子 수필집

사단법인 한국수필가협회

2017년 10월 29일은 결혼 50주년입니다.

되돌아보니 많은 시간이 흘렀습니다. 삶이 지루하다거나 따분하다는 생각을 할 겨를도 없이 열심히 살았습니다. 그런데 아쉬움이 남습니다. 그냥 그렇게 나의 시간을 보내면 왠지 허전할 것 같아 50년의 역사를 수필과 사진으로 묶었습니다.

다른 사람들이 보기에는 대수롭지 않을지 몰라도 나에게는 소중한 추억이기에 한 권의 책으로 엮었습니다. 그 안에는 우리의 가정사가 고스란히 녹아있습니다. 청년 이승회와 처녀 이순자의 50년 여정이 펼쳐집니다.

감사한 것은 그동안에 우리나라 역사에 전쟁이 없었기에 이것이 가능했단 점입니다. 6·25전쟁을 치른 나는 가족의 소중함을 누구보다도 뼈저리게 느꼈기에 가정을 제1순위에 놓고 생활했습니다. 그리고 순간순간을 감사하며 살았습니다.

이 문집을 편집할 때는 누군가가 내 글을 사랑해주며 공감해주기를 원했는데 편집을 끝내고 나니 나 자신에게 주는 단 하나의 선물이 되었다는 게 더 의미가 있었습니다. 누가 알아주지 않아도 스스로에게 주는 시간여행에 만족스럽습니다.

사실 내가 살아온 자취가 나에게는 상당한 의미가 있지만 다른 사람에게는 그렇지 않을 수도 있습니다. 그런데도 이렇게 하는 것은 결국엔 그것이 누구나 공감하는 삶의 과정이요, 역사이기 때문입니다. 그리하여 깊은 생각 끝에 추억으로 묻어두었던 시절들을 꺼내 문집 속에 담았습니다.

살면서 앨범을 꺼내보는 횟수는 많지 않아도 앨범이 갖고 있는 의미는 상당히 큽니다. 이 사진 속에서 나는 또 내일을 꿈꾸어 봅니다.

이 책이 나올 수 있도록 항상 옆에서 지켜준 사랑하는 가족들에게 고마움을 전합니다.

2016. 겨울
李純子

Contents

1부

삶, 그 아름다운 추억

✤

2부

슈트케이스 속에 담긴 추억

Contents

4부

교황과 함께했던 100시간

✿

Contents

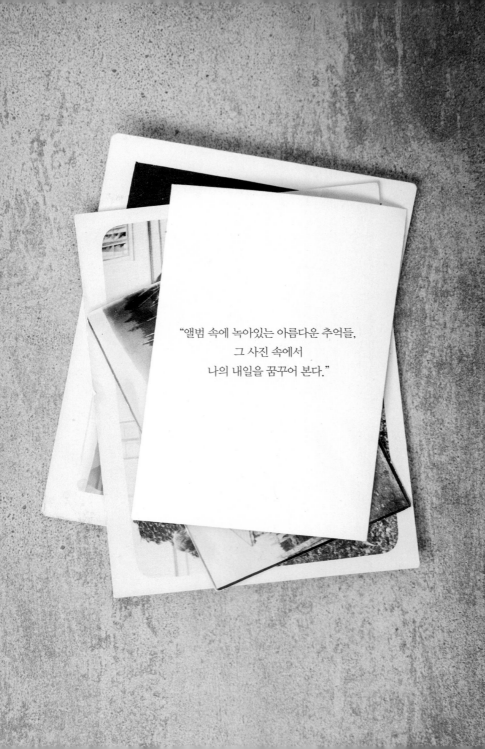

"앨범 속에 녹아있는 아름다운 추억들,
그 사진 속에서
나의 내일을 꿈꾸어 본다."

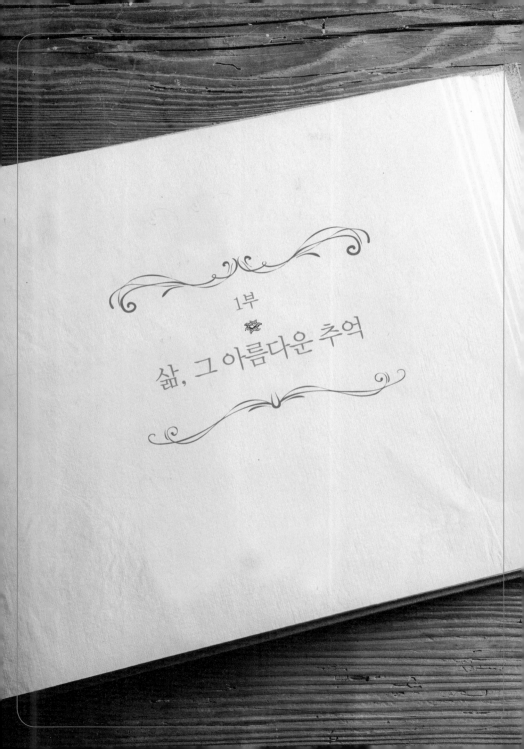

1부

삶, 그 아름다운 추억

예물 교환

祝婚 結結 드라마센타 새禮式場

祝婚 結結 李昇熙君 李純子孃

결혼기념사진

아들돌사진

화곡동 집에서

아들딸 취직하고서

나의 교육공로상 시상식

5월의 초대

　　타래 회원 중에 천안으로 삶의 터전을 옮긴 문우가 우리를 초
대했다. 벌써 이사한 지는 일 년이 넘었지만 오늘에서야 갈 수 있었다. 우리
는 승용차, 일부는 버스로 나누어서 출발을 했다. 천안 하면 퇴직 후에 친구
들과 전철을 타고 함께 나들이를 가고 싶었으나 아직까지 기회를 얻지 못하
다가 오늘에서야 그 꿈을 이루었다.

　우리는 천안 고속버스터미널에서 합류하여 30분쯤 외곽으로 나가다가 그
녀가 안내하는 곳에서 하차하였다. '나무마당'이라는 간판이 걸려 있고 조금
들어가니 나무가 우거진 숲 속에 식당이 있었다. 수목원이라 칭해도 손색이
없을 정도다. 그곳에서 쇠고기 샤브샤브를 먹었다. 보통은 3~4인 기준으로
상이 나오는데 여기는 상차림이 1인용으로 준비되어 있었다. 색다르게 귀빈
대접받는 기분이 들었다.

　식사 후 그녀의 집으로 가다 보니 '남창 저수지'가 보였다. 코너를 돌자 그
의 집이 눈에 들어 왔다. 앞에는 저수지가 있고 뒤에는 숲이 우거져 명당 중
에 명당임을 알 수 있었다. 그녀의 남편이 건강해지려면 나이 들수록 소일거
리가 있어야 한다고 주장하여 마련한 집이라 하였다.

　그녀는 그동안 못해 본 여행이나 하면서 지내는 노후를 꿈꿔 왔는데 낯선 시골 생활을 선뜻 받아들이기가 쉽지 않았다고 한다. 그러나 부창부수라 남편의 뜻을 받아들이고 조금씩 적응하다 보니 지금은 이곳 생활에 재미를 붙여가고 있다고 한다.

앞뜰에는 잔디가 예쁘게 깔려 있고 작약, 메발톱, 아이리스 같은 야생화도 있으며 블루베리, 매실, 사과 등 과실수도 있어 전원주택의 장점을 잘 살리고 있었다. 담장 둘레에 심은 주목도 뾰족한 잎을 내밀고 있다. 텃밭에는 상추, 케일, 고추, 오이, 호박 등 푸성귀가 자라고 있다. 연상홍과 여러 이름 모를 꽃들이 바위 틈에서 예쁘게 얼굴을 내밀고 우리를 반기고 있다.

일 층에는 화실이 있다. 그녀가 글만 잘 쓰는 줄 알았는데 그림에도 일가견이 있어 여러 작품이 눈에 띄었다. 웃음의 말로 출판기념회보다 그림 전시회를 먼저 하는 것이 아니냐며 이야기를 주고받았다.

이 층으로 올라갔다. 그녀의 살림살이가 눈에 들어온다. 깔끔하고 정돈된 모습이 평소의 그녀에게 느낀 그대로다. 소파에서 앞을 바라보니 저수지가 한눈에 들어온다. 주말에는 승용차가 저수지 둘레를 꽉 메운다고 한다. 옆으로 눈을 돌리면 온통 산이 초록빛으로 눈을 시원하게 해준다. 부엌 창가에는 예쁘게 줄을 선 고추 모종이 자라고 있다. 자기는 고추를 심을 때 비닐을 씌우지 않고 심었다가 옆집 것을 보고 다시 비닐을 씌웠다고 한다. 이렇게 보고 배우고 시골생활에 적응을 하며 살아간단다. 서울에서의 생활에 권태가 날 때면 이곳에 와서 힐링을 할 수 있어 좋다고 한다.

나는 이런 전원생활의 꿈은 갖고 있지만 실천에 옮길 자신이 없다. 바라보는 것은 좋지만 내가 엎드려서 꽃들과 대화를 하고 잔디 풀을 뽑아주는 노력은 힘들 것 같다. 무릎이 아파서 쪼그리고 앉을 수 없는 핸디캡이 있기 때문이다.

친구의 정성 어린 전원주택을 바라보면서 그의 손길이 닿은 곳마다 예쁜 결실을 맺고 있다는 생각이 든다. 마당에는 연못을 만들기 위해 웅덩이를 파 놓았다. 계속해서 그의 꿈이 이루어지기를 기대하며 집을 나섰다.

그녀는 손수 심은 쑥으로 만든 쑥떡을 푸성귀와 함께 한 봉지씩 담아주었다. 마치 친정에 다녀가는 기분이 들었다. 마지막까지 천안의 명물 호두과자를 선물하고 오늘의 경비 일체를 혼자 부담하여 매우 미안한 마음이 들었다.

2014. 5. 25

가상 수술 전말기

어느 소설가의 자서전에서 그의 어머니가 말년에 시각장애인으로 살다 가신 것을 가슴 아파한 대목을 읽었다. 오래전이다. 지금처럼 의술이 발달했었다면 좀 더 오래 환한 세상을 살았을지도 모를 일이다. 그때 나는 나도 나이가 들면 점점 눈꺼풀이 내려앉아 앞이 보이지 않을지도 모른다는 엉뚱한 생각을 했다.

무릎 관절경 수술을 하고 좀 차도가 있자 또 다른 불편함이 찾아왔다. 저녁때가 되면 눈꺼풀이 눈을 덮어 시야가 좁아졌다. TV라도 보려면 엄지와 검지로 눈꺼풀을 틔어야 보기가 수월했다.

수영장에서 만난 어떤 사람도 눈꺼풀이 덮이고 눈자위 끝이 짓물러서 눈썹거상수술을 오래전에 받았다고 한다. 나는 그런 줄도 모르고 몇 년을 같이 지냈으니…. 나도 불현듯 그 수술을 받고 싶어졌다. 그러나 선뜻 용기가 나지 않았다. 먼저 남편에게 사정 얘기를 했다. 내 TV 보는 모습을 익히 보아 온 터라 "불편하면 수술해야지." 하고 동의했다. 자식들이 걸렸다. 40년을 보아 온 엄마의 모습이 문득 달라진다면 어떻게 생각할까 걱정이 되었다. 아이들은 선선히 오케이였다. 다음은 내가 결정할 차례였다. '변화된 내 모습을 내가 수용할 수 있을까.' 서너 달을 고민했다. '평균 수명까지도 십수 년이 남았는데 불편을 감수할 필요가 있을까' 하는 반론이 고개를 들었다.

고맙게도 젊은 친구가 동행을 자처했다. 자식들보다는 친구가 더 편안했다. 수술받는 데는 그렇게 힘들지 않았다. 그러나 정신적 갈등이 줄곧 가시지 않았다. 이마에 흰 띠를 두르고 선글라스와 모자까지 쓴 채 집에 들어서니 참 가관이었다. 일주일 동안 머리를 미장원에 가서 감았다. 고개를 숙이다가 아래로 눈에 물이 들어가면 염증이 생길까 염려되어서. 수술 후 이틀간은 부기가 아래로 뻗치는 것을 막아주기 위해 압박 붕대와 밴드로 눈썹 밑의 수술 부위를 단단히 봉했다. 눈썹 밑을 절개하여 늘어진 부위를 잘라냈다. 부기가 안 빠지면 어쩌나 하고 걱정을 많이 했다. 수술 자국은 보통 두어 달 안에 없어진다고 한다. 아직 한 달밖에 안 되어서 외출할 땐 화장으로 커버한다. 공교롭게도 이 와중에 외국에 있던 조카가 날 보러 온다기에 이런 모습을 차마 보일 수 없어 한 달 후에나 만나자고 약속했다.

수술하고 3일간은 냉찜질을 수시로 했다. 15분 찜질하고 5분 쉬기를 반복하면서 부기를 잠재웠다. 일주일 만에 실밥을 뽑고 5일 후부터는 온찜질을 했다. 세수는 비누를 묻힌 수건으로 수술 부위를 제외한 부분만 깨끗이 닦은 후 다시 깨끗한 물수건으로 비눗기를 닦아냈다.

외출은 아무래도 제약을 받았다. 무엇보다 성당을 가지 못해서 괴로웠다. 열심히 성경을 읽고 기도하고 묵상했다. 들리는 말로는 신부님께서 우리 구역 식구들이 단체로 어디를 갔는지 좌석이 꽤 비었다고 말씀하셨단다. 도둑이 제 발 저리다고 그 말씀이 꼭 나한테 하신 것 같아 한 달을 다 못 채우고 성당엘 나갔다. 인사받기가 쑥스러웠다. 그러나 아는 사람은 알고 관심 없는 사람은 그냥 지나쳤다.

　일단 집 밖을 나서니 그렇게 좋을 수가 없다. 평소에 아무렇지도 않던 사물들이 정겹게 느껴졌다. 사람들과 눈이 마주칠까 봐 몸을 움츠리곤 했다. 그러나 마주침을 피할 수는 없었다. 관심을 가져주는 것은 고마운 일이나 상대방의 마음은 헤아리지 않고 자기 입장에서 함부로 내뱉는 말은 나를 아연케 했다. 말이란 상처도 될 수 있고 위로도 될 수 있다는 사실을 다시금 실감했다. 속도 모르고 아름다워지려고 한 수술인 양 비아냥거릴 땐 좀 속상했었다. 어떻든 나로서는 눈을 내리덮던 무게의 반은 줄어든 느낌이었다. TV 시청도 훨씬 수월하고 시야가 넓어져 세상 보기가 새삼 넉넉하다.

　그러나 옛날의 내 모습을 찾을 수 있을지는 걱정이다. 지금의 내 모습은 푸근한 느낌이 약간 사라지고 좀 젊어 보인다고 한다. 컴퓨터 바탕화면에 있는 아이들과 수술 전에 찍은 사진을 보면서 오늘의 내 모습과 비교해본다. 하느님의 창조하신 모습 그대로 유지하며 산다는 것은 얼마나 축복받은 일일까.

2008. 5. 21

게티즈버그 연설문
Gettysburg Address

중학교 영어 시간에 교과서에서 배운 기억이 난다. 선명히 생각나는 부분은 국민의(of the people), 국민에 의한(by the people), 국민을 위한(for the people) 정부라는 것뿐이다.

'고도원의 아침편지'에서 깊은 산 속 링컨학교를 개설했다. 아이들이 '게티즈버그 연설문'을 외우는 것을 보니 문득 나도 한번 외워 보고 싶었다. 마침 중학교 2학년 손자가 와서 원고를 구해 줄 수 있느냐고 했더니 다음에 할머니 집에 올 때 구해 오겠다고 했다.

손자가 원고를 준비해 왔다. 나는 손자하고 함께 외우자고 약속을 했다. 어려운 단어가 몇 개 있지만 별로 문제가 되지 않았다. 워드를 너무 작게 쳐 와서 내가 보기에 알맞게 다시 쳤다. 매일 다섯 번씩 읽었다. 남편은 나이 칠십에 그것은 외워서 무엇하느냐고 했지만 나는 두뇌가 녹슬지 않기 위해 열심히 읽었다. 학창 시절로 돌아간 기분이 들었다. 시간이 지날수록 나도 모르게 외어졌다. 두뇌는 항상 써야 치매에 걸리지 않을 것 같다. 처음에는 의기소침했으나 시간이 흐를수록 나도 모르게 자신감이 붙었다. 참으로 기뻤다. 손자의 중간고사가 끝나기만 기다려진다.

우연찮게 시작한 일이 나에게도 손자에게도 새로운 활력소를 안겨 주기를 바란다. 나보다도 준석이가 이 연설문을 오래도록 기억하면 훗날 좋은 추억거리가 되지 않을까 싶다.

게티즈버그 연설은 미국 제16대 대통령인 에이브러햄 링컨이 남북 전쟁(1861~1865)이 진행되고 있던 1863년 11월 19일, 게티즈버그(펜실베니아주) 전몰자 추도 기념식을 하면서 그 식전에서 연설한 내용이다. 이 연설은 극한 대립으로 빠져 있던 국민들의 마음을 하나로 뭉치도록 이끌었다. 불과 2분간의 짧은 연설이었지만 게티즈버그 연설은 미국 역사상 가장 많이 인용된 명연설로 손꼽힌다. 이 연설문 내용은 다음과 같다.

87년 전, 우리 선조들은 이 땅에 자유를 기반으로 한, 모든 사람은 평등하게 태어났다는 명제를 받드는 새로운 국가를 세웠습니다.

지금 우리는 자유를 기반으로 하고, 모든 사람은 평등하게 태어났다는 명제를 받드는 이 나라가, 또는 어떤 나라가 오래도록 존속할 수 있는지를 시험하는 중요한 내란을 치르고 있습니다. 우리는 지금 그 내란의 중요한 전쟁터에 모여 있습니다. 우리는 이 전쟁터의 일부를 나라를 살리기 위해 이곳에 자신의 목숨을 바친 이들의 마지막 안식처로 봉헌하기 위해 이 자리에 모인 것입니다. 이것은 우리가 마땅히 해야 할 일입니다.

그러나, 보다 넓은 의미에서 보면, 우리는 이 땅을 봉헌하거나 신성하게 할 수는 없습니다. 이곳에서 싸운 살아있거나, 죽은 용사들이 이미 이 땅을 신성하게 만들었기 때문입니다. 우리의 미약한 힘으로는 더 이상 보탤 수도, 뺄 수도 없습니다.

이 자리에서 우리가 한 말은 세계는 주목하지 않을 뿐 아니라, 오래 기억하지도 않을 것입니다. 하지만 이곳에서 용사들이 한 일은 결코 잊혀질 수 없을 것입니다. 이곳에서 싸운 이들이 훌륭하게 앞장서 이끌었지만 아직 끝내지 못한 과업에 헌신해야 하는 것은 오히려 살아있는 우리들입니다.

우리 앞에 남아있는 위대한 과업에 헌신해야 하는 것은 오히려 우리 자신입니다. 명예롭게 죽은 이들의 뜻을 받들어, 그분들이 목숨까지 바쳐가며 이루고자 했던 그 대의에 더욱 헌신해야 합니다. 그분들의 죽음이 헛되지 않도록, 하나님의 은총 아래, 이 나라가 새로운 자유를 가지도록, 그리고 국민의, 국민에 의한, 국민을 위한 정부가 지상에서 멸망하지 않도록 굳게 다짐합시다.

어서 손자가 시험이 끝나 함께 외우고 싶다. 영어로 연설문을 외우는 것은 손자에게 커다란 전환점이 되기를 바라는 할머니의 마음도 포함되어 있다.

2012. 4. 21

함께한 50년

🌸

1967년 10월 29일. 남산 드라마 센터에서 우리는 앞으로의 인생을 함께하기로 약속했다. 아무것도 가진 것 없었으나 서로의 믿음과 존경으로 하나가 되기로 했다.

남산에 오를 때마다 불빛이 반짝이는데 우리의 삶의 터전을 어디에서 시작해야 되는지 고민을 많이 했다. 공덕동 369의 5번지가 호적에 오른 주소다. 10만 원에 5천 원짜리 사글세 방이지만 우리는 너무 행복했다. 지금 젊은 이들은 그런 것을 고생이라 여기며 결혼 생활을 시작할까?

셋방에서 2년 반 만에 아현동에 있는 한옥을 사서 이사를 했다. 처음으로 문패를 달던 그 마음을 잊을 수가 없다. 우리가 다른 사람보다 체격이 커서 대문을 들어서려면 머리를 숙여야만 했다. 그래도 들락날락하면서 웃음꽃이 피었다. 둘이 정말 알뜰히 저금을 해서 장만한 우리의 집이었다.

그리고 다시 2년 반 만에 42평 대지에 건평 21평짜리 양옥을 사서 이사를 했다. 물론 은행 대출을 받았다. 정말 온 세상을 다 얻은 기분이었다. 10년이 흐른 후 아래층에는 가게가 셋 있고 이 층은 살림집인 건물을 샀다. 화곡동 봉천동 신흥개발지를 따라 다녔다.

노후에 월세를 받아 생활의 안정을 취하려고 했으나 내 뜻대로 되지 않았다. 둘이 아이들 교육에만 충실하기로 하고 반포로 이사를 했다. 15년 잘 지냈다. 32평에서 42평으로 집도 늘려갔다. 그런데 재산 증식은 우리하고 인연이 없는지 아들만 반포에 살게 하고 우리는 사당동으로 이사를 했다.

딸은 나와 같은 길을 걷고 손녀 둘은 대학생이 되어 제 길을 가고 있다. 큰손녀는 다들 부러워하는 S대 경제과에 다니고 둘째도 S여대 언니하고 같은 과에 다니고 있다. 아들, 사위는 사회에서 인정받는 사람으로 제 가정을 잘 꾸리고 있다. 손자는 고 3학생이므로 1년을 더 정진해야 할 것 같다.

그동안 우리 둘은 한 길 만을 바라보며 살아왔다. 남편은 교장으로 정년퇴직하고 나는 명예퇴직을 했다. 시부모님 모시고 산 30년 생활에서 해방되니 오로지 나만의 생활이 간절했다. 나만의 노후 시간을 수필가의 길로 가기로 했다. 그것이 벌써 20년의 세월이 흘렀다.

올해 나는 인공 관절 수술을 받았다. 오랜 교직 생활로 인하여 무릎에 이상이 와서 고생을 하다가 100세 인생이라는데 건강하게 살려면 수술을 해야 한다기에 용단을 내렸다. 재활 치료 받기가 여간 고통스러운 것이 아니었다. 나도 나지만 옆에서 지켜보는 남편이 너무 애를 쓴다. 항상 대접만 받던 사람이 가정사도 챙기고 요리실습도 하고 고마운 일이 한두 가지가 아니다. 남편의 존재를 다시금 깨닫게 되었다.

나는 퇴직 후 매일 무엇을 배울지 찾아다녔다. 물론 수필뿐 아니라 다른 분야도 기웃거리며 배움에 목마른 사람처럼 20년을 살아왔다. 물론 성당에서 봉사활동도 예외는 아니었다. 남편은 정적인 사람이라 바깥 활동보다는 집에서 보내는 시간이 많았다. 그런데 이번 수술로 인하여 같이 집에 있는 시간이 많아지니 속으로 좋은 모양이다. 표현은 안 하지만 나는 느낀다. 50년을 함께한 사람만이 느낄 수 있을 것이다. 금혼식 날 멋진 이벤트를 가지리라 기대하는 것도, 수필집『삶, 그 아름다운 추억』을 출간할 수 있는 것도 그가 옆에 있기에 가능한 일일 것이다.

미카엘과 50년을 함께해 주신 하느님, 감사합니다.

2016. 3. 20

나의 묵주 이야기

✿

　　내 묵주는 오랫동안 동행한 친구처럼 손에 익숙하다. 제일 처음 가진 묵주는 내가 ㅂ여중에 담임했던 아이의 아버지가 로마 출장 다녀와서 주신 장밋빛 묵주였다. 그렇게 열심히 기도 하지는 않았지만 항상 내 곁에 두고 사랑을 주었다. 열심히는 아니어도 내게서 천주교 신자인 모습이 보였던지 반장 아버지가 선물하신 것이다.

　　가정과 교직 생활을 병행하며 부모님 모시고 생활하던 때라 성당에도 자주 못나가고 통신교리로 세례를 받았다. 그야말로 발바닥 신자였다. 그러나 묵주만은 한시도 내 곁을 떠나지 않았다. 그러다 어머니께서 선종하실 때 나의 묵주를 손에 쥐어 드렸다. 어머님은 나보다 먼저 세례를 받으셨지만 묵주 내용도 잘 모르시고 옆집 할머니 따라 성당에만 다니셨다. 그러다 햇수가 거듭할수록 신앙심이 깊어져서 묵주기도도 열심히 하셨다. 내가 출근을 하면서 인사를 드릴 때면 성모님을 보면서 열심히 기도하고 계셨다. 그 후 레지오에 입단하셔서는 단원들과 열심히 활동하셨다. 그 모습을 보고 나도 퇴직하면 열심히 성당 활동을 하리라 마음먹었다.

　　어머님이 하늘나라로 가신 후 로마로 성지순례를 가서 다른 묵주를 손에 쥐었다. 두 번째 나의 묵주는 검은색이었는데 20년 동안 사랑을 받았다.

퇴직 후 나는 레지오에 입단하여 열심히 활동하였다. 교직 생활을 벗어나니 성당 활동에 열중하게 되었다. 구역장 반장 레지오 4간부 등 나에게 주어진 일에 열심히 봉사하였다. 그때 내 곁의 묵주가 큰 힘이 되었다.

그러다 요즈음 오랫동안 아프던 무릎이 다시 고장이 나서 인공관절 수술을 받고 집에서 요양 중이다. 활동 폭이 좁아져 할 수 없이 모든 교회 조직 활동에서 벗어나 평신도로서 묵주기도에만 매달리게 되었다. 그때 옆 동에 사시는 형님이 그동안의 감사 표시로 묵주를 선물해 주셨다. 그것이 지금까지 내 손에서 떠나지 않는 묵주다. 검은 묵주는 필요한 사람에게 주고 내 사랑은 그 묵주에게 옮겨졌다.

서울 성모병원에 입원했기에 성당을 자주 찾을 수 있었고 요즈음은 성모상 앞에서 묵주기도로 하루를 시작한다. 이 묵주는 지상에서 삶을 마감할 때까지 내 손에서 놓지 않으려고 한다. 이 묵주를 쥐고 주님이 부르실 때까지 살아가려고 한다.

묵주기도는 환희의 신비, 고통의 신비, 영광의 신비, 빛의 신비 등 골고루 나의 마음을 주님께 향하게 한다. 성모님을 내 어머님으로 받아들이게 한다. 기도를 하다 보면 내가 처한 현실의 실마리가 보이고 예수님의 일생도 되새겨 보게 한다. 내가 이 좋은 기도를 몰랐다면 나는 지금 어떻게 생활을 했을까 되돌아보게 된다. 어느 노래 가사처럼 앉으나 서나 당신 생각, 주님 생각, 성모님 생각으로 이끌어 주시니 어찌 내가 묵주를 손에서 놓을 수 있을까. 나는 감정의 변화가 심해서 하루에도 천당과 지옥을 오갈 때가 많은데 그때마다 묵주기도는 나를 제자리로 돌려놓는다.

나의 삶을 당신께 향하도록 이끌어 주시는 성모님, 오늘도 이 하루를 당신께 봉헌하나이다.

2015. 12. 25

가족사진

경복궁 메트로 미술관에서 시화전이 열렸다. 출품작은 '가족 사진'이다. 주로 수필을 써 온 내가 시로 나의 삶을 간단히 나타내고 싶었다. 47년 결혼 생활의 축소판이 가족사진이다.

우리는 결혼하면서 해마다 결혼기념일에는 가족사진을 찍기로 약속을 했다. 25년간 남편의 도움으로 한 번도 빠짐 없이 찍을 수 있었다. 실향민인 나는 가족의 소중함을 누구보다도 뼈저리게 느꼈다.

첫해는 아이가 너무 어려 사진관에 데리고 가서 사진을 찍기 어려웠으나 이런저런 핑계로 찍지 않으면 약속을 못 지킬 것 같아 외출을 했다. 반도호텔 옆에 있는 사진관 '허바허바'에서 촬영했다. 결혼 당시 우리의 형편으로는 무리한 일이었다. 그러나 나는 다른 것은 긴축을 하더라도 이 한 가지만은 꼭 지키고 싶었다.

그 사진을 보면 우리의 가정사를 볼 수 있다. 두 식구에서 세 식구, 네 식구로 늘어가면서 아이들의 성장 모습을 볼 수 있다. 사진의 크기도 점점 커졌으며 흑백에서 칼라로 바뀌었다. 그만큼 형편이 나아졌음을 알 수 있다. 아들딸의 키가 뒤바뀌는 모습도 보이고 소년 소녀에서 청년 아가씨로 변해가는 모습에 흐뭇하기도 했었다. 남편과 나는 젊은 모습에서 중년의 아줌마 아저씨로 변해가고 있었다.

딸이 스물다섯에 결혼했다. 사위가 해외 출장이 잦은 관계로 더 이상 우리들만의 가족사진을 찍을 수 없게 되었다. 그래서 행사가 있을 때마다 아들네 가족과 함께했다.

4년 만에 딸네 가족이 영국에서 귀국했다. 우리는 다시금 기쁜 마음으로 가족사진을 찍었다. 결혼 30년 만에 거실에 걸어 놓을 크기의 가족사진을 찍었다. 우리 집의 보물 1호다. 25년 동안 찍어온 우리의 가족사진은 앨범에 넣을 크기였다. 이런 가족의 변천사를 보면서 가족애를 키워 갔던 것 같다.

나의 회갑 출판기념회 때도, 칠순을 맞이했을 때도 가족사진을 찍었다. 손자 손녀들의 입학 졸업 때도 가족사진은 계속 이어졌다.

올해가 남편이 팔순을 맞이하는 해라 아이들이 자리를 마련했는데 연례행사인 만큼 출장 사진사가 왔다. 그런데 곤란한 일이 생겼다. 남편이 사진을 안 찍겠다는 것이다. 나이 들어 늙은 모습 남기고 싶지 않다는 것이다. 이때 작은 손녀가 나섰다. 슬그머니 할아버지 곁으로 가서 "할아버지, 제가 오늘의 모습을 오래 기억하게 우리 함께 찍어요." 라고 말하니까 손녀의 손을 잡고 따라 나왔다.

오늘 사진이 도착했다. 남편이 사진을 보더니 얼굴표정이 야릇하다. 나는 내 기분에 취해서 사진을 보고 또 보다가 외출할 일이 생겨서 나갔다 돌아오니 사진 두 장이 없어졌다.

남편은 대머리에 염색을 하지 않아 뒷부분이 흰머리다. 그동안은 외출할 때 모자를 써서 잘 몰랐었는데 실내에서 찍은 것이라 그 모습이 그대로 나왔다. 여러 차례 염색을 하도록 권했으나 "이 나이에 염색은 무슨 염색." 하면서 편한 생활을 해왔다. 사진을 보더니 "이럴 줄 알았으면 염색이나 할걸." 하고 말하는 것이다. 나는 기념으로 찍은 사진이라 어디에 두었는지 캐물었다. 그랬더니 찢어버렸단다. 울고 싶었다.

나는 다시 현상을 해서 액자에 넣어 작은방에 놓았다. 거실에 놓으면 그가 또 무엇이라 말할 것 같아서다. 아니나 다를까 그 액자를 치워 놓았다. 지금까지 살면서 이런 의견차를 보인 적은 없었다. 집안 분위기가 냉랭하다. 딸이 오더니 아버지 마음을 달랜다. 이제 나는 남편의 마음을 이해하기로 하였다. 나이 들어 변해가는 것이 순리인데 자신의 모습만은 용납이 안 되는 모양이다. 젊었을 때의 모습이 그리워서 그런가.

가족사진이 기쁨만 주는 줄 알았는데 47년 만에 처음으로 갈등의 원인이 되는 경험을 했다. 세월이 흘러 외모가 변하면 마음도 변하는 것인지. 나도 그 나이가 되면 그런 생각을 할까. 나는 언제까지 염색을 해야 하나. 누구라도 세월이 주는 변화는 막을 수 없고 이 무게를 받아 안아야 마음의 평화가 찾아오리라 생각한다. 가족사진은 거실에서, 방에서 우리 부부를 여전히 바라보지만 나는 이제 또 다른 생각으로 그 사진을 보게 되었다.

2014. 10. 30

삶, 그 아름다운 추억

고희의 또 다른 이름, 칠순에 가족들과 함께 '필경재'에서 식사를 했다. 식사 전에 간단한 딸의 축하 인사가 있었다. 며느리가 큰 꽃바구니를 준비했고 아들과 사위가 금일봉을 건넸다. 이어서 작은 앨범을 선물했다. 손자 손녀들의 선물과 편지도 나에게 전해졌다. 그 앨범 속에는 나의 70년 역사가 담겨 있었다.

한 달여 전, 딸이 일요일 날 오더니 광을 뒤져 30권의 앨범 중에서 여러 장의 사진을 간추렸다. 엄마가 제일 좋아하는 선물이 무엇일까 고민하다가 떠오르는 생각이 그동안의 삶에서 중요한 사진을 골라서 작은 앨범을 만들어 드려야겠다고 생각하였단다.

첫 번째로 나의 아버지 어머니의 결혼사진이 눈에 들어왔다. 웨딩드레스에 긴 베일을 쓰고 생화를 드신 어머니가 참 고우셨다. 1940년대 평양에선 최신식 결혼식이었다. 다음 장에는 어머니가 세 살짜리 나를 안고 찍은 사진이 있다. 신혼살림을 베이징에서 하셨단다. 양장에 고운 우단 옷을 입고 계신다. 한 장 한 장씩 나의 역사가 펼쳐지고 있었다.

한국전쟁이 나기 전에 일본에 계신 아버지에게 보내려고 찍은 가족사진도 있다. 내가 8살, 큰 남동생이 6살, 그리고 막내 남동생이 3살이다. 28살의

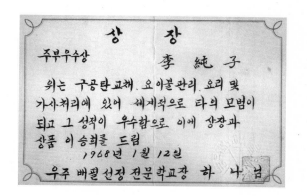

상 장

주부우수상

李 純 子

위는 구공탄교채. 오 이불관리. 요리 및
가사처리에 있어 세계적으로 타의 모범이
되고 그 성적이 우수함으로 이에 상장과
상품 이승희를 드림
1968년 1월 12일
우주 배필 선정 전문 학교장 하 나 님

어머니는 참 젊어 보였다. 아마도 인편에 보내려고 찍었던 사진 같다. 그러고 나서 전쟁이 났다.

부산 피난 시절 교실이 없어 어린이회관 층계에서 공부하던 모습이 보인다. 나는 맨 앞줄에서 남자 고무신을 신고 무엇인가를 읽고 있다.

대학교 졸업 사진도 있다. 양단 저고리에 짧은 통치마 차림이다. 머리는 소도마끼(밖으로 구부린 모습)를 하고 있다. 왜 굳이 한복을 입었을까.

드디어 나의 결혼사진. 예물 교환을 위해 남편이 손을 내밀고 내가 반지를 끼워주고 있다. 나는 다이아몬드 2부, 남편은 백금 반지를 주고받았다. 45년이 지난 지금도 보물 제1호로 간직하고 있다.

결혼 다음 해 남편이 나에게 상장을 주었다. 여기서 상품 이승희는 남편의 이름이다. 그가 스스로 상품이라 칭하며 직인까지 만들어 찍었다. 남편은 말이 없는 사람이지만 이렇게 나를 감동시키는 은근한 구석이 있는 남자다.

다음 사진은 화곡동 단독주택에서 살 때의 모습이다. 한옥에서 살다가 양옥으로 이사 와서 너무 좋아 찍은 사진이다. 흑백 사진과 컬러 사진이 연이어 이어졌는데 그 안에는 내 사랑하는 딸과 아들의 6살, 4살 때의 모습이 찍혀 있었다. 가장 사랑스러운 나의 아이들의 모습에 우리 부부는 그 사진을 한동안 넘길 수가 없었다.

아들의 결혼사진도 있다. 누나 때와 같이 반포성당에서 했다. 6년의 연애 끝에 사랑의 결실을 보았다. 똑같은 곳에서 아들과 딸이 각각 자신의 짝을 두고 환하게 웃고 있다. 내 아이들의 가장 아름답던 시절이 빛나고 있었다.

다음 사진은 둘째 손녀의 돌잔치다. 6개월 된 아가가 엄마 품에 안겨 영국이라는 낯선 땅에 가서 돌을 맞았다. 왠지 안 된 마음이 들어서 50만 원을 부쳤었다. 딸은 그 돈으로 음식을 차려 아이의 돌잔치를 풍성하게 차렸다. 사진 속에서 최선을 다하는 젊은 엄마의 모습에서 40여 년 전 내 모습이 투영되었다.

그리고 마지막 손주인 친손자가 태어났다. 나는 숭실대학 뒷동산에 아이의 이름으로 소나무를 심었다. 아이의 푸른 성장을 바라던 한 할머니의 마음이 담긴 사진이었다.

딸네가 영국에서 귀국한 후 크리스마스에 온 가족이 모여서 파티를 열었다. 우리 집의 특별한 행사인 크리스마스 디너 사진이 빠질 리가 없었다. 모두 만족스러운 표정이다.

뒷장에는 어머니 살아계실 때 어머니와 함께 미국 동생네 집에서 찍은 사진이 있었다. 그때는 항상 내 곁에 계실 줄 알았는데.

그 옆에는 설날에 손자 손녀들이 한복을 입고 세배하는 모습이 찍혀 있다. 정말 귀엽다. 우리들도 한복을 입으니 훨씬 전통미가 살아있는 느낌이다.

6박 7일의 싱가폴 가족 여행 사진. 센토사 섬에서 카약을 타고 밀며 바다로 나가는 모습에서 가족의 의미가 뿌듯하게 와 닿던 기억이 되살아났다.

동유럽 여행 사진도 있다. 나는 50년을 같이 가고 있는 친구들이 있다. 대학 영문과 동기 4명. 가난하지만 꿈을 갖고 열심히 달려온 친구들. 청춘을 함께 시작했으며 최선을 다해 살아온 역전의 용사 할머니들이다. 그들이 나의 인생에서 중요한 존재임을 아는 딸이 그들과 함께한 사진을 넣어 주었다.

맨 마지막 사진은 딸네가 영국에서 귀국한 후 찍은 가족사진이다.

사진첩은 50장이며 마무리는 사위가 썼다.

'누구보다 삶을 사랑했고 앞으로도 아름다운 삶을 누리실 어머님께
작은 정성을 드립니다.'

그렇다. 나는 지금까지 굽이굽이 어려움이 많았지만 항상 나의 삶을 아끼고 사랑했다. 나의 70년은 적어도 가족들에게 상을 받을 만했나 보다.

2012. 7. 16

도심 속의 산사

❋

　　　장마철인 내 생일은 언제나 색다른 추억을 갖게 한다. 오늘은
'알렉산더 멘션 레스토랑'에서 저녁을 먹기로 했는데 마침 길상사 옆이라서
레스토랑에 가기 전 성북동 한적한 곳으로 드라이브를 했다. 도심 속에 이렇
게 한적한 곳이 있나 싶을 정도로 조용하고 숲이 우거진 곳이다.

　　일전에 친구들과 간송미술관에 들렀다가 잠깐 지나친 적은 있지만 깊이
들어와 본 적은 없었다. 법정 스님이 입적하기 전부터 길상화의 넋이 깃든
이곳에 무척 오고 싶었다.

　　삼각산 남쪽에 자리 잡고 있는 일주문으로 들어갔다. 이 절은 꽤 크지만
아기자기한 느낌이 든다. 내가 찾았던 칠월 중순에는 장마철이라 계곡 물소
리가 마치 산사에 온 듯 좔좔 들린다. 사찰이라고 하면 흔히 산속에 있는 것
으로 알고 있지만 길상사는 도심에서 접근이 용이한 곳에 자리 잡고 있다.
원래 이곳의 용도가 사찰이 아니었기 때문이다.

　　길상사吉祥寺는 1987년 공덕주 길상화吉祥華 김영한 님이 법정 스님의 『무소
유』를 접하고 감동받아 요정이었던 대원각 대지 7,000여 평과 지상 건물 40
여 동 등 부동산 전체를 불도량으로 기증하였다. 법정法頂 스님께 오랫동안
청하여 1995년 스님께서 그 뜻을 받아들여 대한 불교 조계종 송광사 말사로

등록하였다. 그 후 대원각 등기를 완료하고 '길상사'로 이름을 바꾸었다. 연말에는 많은 사람들이 찾는 도심 속의 절로 자리 잡게 되었다.

길상사는 일반인을 위한 도심 속의 수행 정신 도량으로서의 역할도 톡톡히 하고 있다. 대원각 등기 이듬해 길상선원을 열고 매달 두 번씩 주말 템플스테이를 실시하고 있다. 3년 후에는 길상사 불교 대학이 개원함으로써 불교 신자들이 수행하는 데 도움을 주는 교육 도량의 역할을 할 것으로 기대된다.

길상사는 창건주 법정 스님의 무소유 정신과 길상화 보살님의 보시공덕을 기리는 맑고 향기로운 도량이다. 일반인의 발걸음을 제한하는 수련원도 있다. 지금도 절 안쪽에선 스님들이 정진 중임을 알리는 '묵언 수행'이란 표시가 있다.

특이한 것은 관음보살석상이 일반 사찰에서 볼 수 있는 것과는 다르다. 마치 가톨릭의 마리아상 같은 느낌을 준다. 이 관음보살석상은 가톨릭 신자인 최종태 교수의 작품으로 성모마리아를 닮은 관음보살석상을 통해 종교 간의 화합이라는 메시지를 전한다. 또한, 부처님 오신 날에 이곳에서 열린 '사랑과 화합'이란 음악회에 김수환 추기경이 참석하여 화제가 되기도 했다. 법정 스님은 선종한 김수환 추기경과도 오래도록 교류하며 종교 간의 벽을 허물기에도 힘써왔다. 산문집 『무소유』로 널리 알려진 법정 스님은 길상사에서 입적하셨다.

길상사 하면 백석 선생과 자야의 이야기가 떠오른다. 가난에 쫓겨 기방妓房에서 청춘을 시작했던 어느 할머니가 죽기 전에 이룩한 큰 자비. 이보다 더욱 애틋한 사랑이 또 있을까? 자야는 바로 길상사의 전신이었던 대원각의 주인, 김영한 님의 아명이다. 어린 나이에 젊고 잘생긴 백석을 만났던 아리따운 기생 자야는 짧은 시간이었지만 평생을 바꾸는 사랑을 했고 그가 요절한 뒤에도 반백 년을 잊지 못했다. 이 지독한 사랑을 잊지 못했던 김영한은 수백억에 이르는 재산을 법정 스님에게 넘기고 '길상화'라는 법명 하나만을 손에 쥔 채 그를 따랐다. 가슴 뛰는 사랑을 느끼고 싶다면 성북동 길상사에 가 볼 일이다. 이승에서 못다 한 사랑 저승에서 맺고자 염원했던 지고지순한 사랑 이야기….

서울의 대표적인 도심 사찰 중 한 곳인 성북동 길상사는 불자뿐 아니라 도시민의 피로를 풀어주는 좋은 곳이다. 역사는 뒤로 한 채 이제는 맑고 향기로운 사찰, 편안함을 주는 길상사. 우리 가족 나들이 중 최고의 도시 여행이 아니었나 싶다.

2013. 7. 22

칠순 여행

❁

　　오래전부터 가보고 싶던 곳 북해도에 동창들과 함께 여행을 갔다. '고도원의 아침편지'에서 겨울 여행을 추천했으나 워낙 추위를 타서 9월에 다녀왔다. 미팅 시간에 맞춰 5시 30분에 집을 나섰다. 친구 남편이 공항까지 데려다줘서 예정시간보다 일찍 도착했다.

　　일본 여행은 네 번째다. 처음은 국가에서 포상 차 보내 준 중국 경유 일본 여행, 두 번째는 10년 전 친구들과의 여행, 세 번째는 성당에서 보내 준 성지순례였다. 이번엔 칠순을 맞이하여 두 번째 여행을 함께한 친구들과 10년 만에 다시 일본을 찾았다.

　　9시 45분에 인천 국제공항을 출발하여 12시 15분에 하코다테 공항에 도착했다. 오오누마로 이동하여 일본식 초밥으로 점심을 먹었다. 그 후 소화신산 활화산을 둘러보았다. 우수산의 활발한 화산 활동으로 인한 일련의 지진으로 1943년 12월에 형성된 화산이 지금도 뿌연 분연과 함께 매캐한 유황 냄새를 내뿜는 화산활동을 계속하고 있다.

　　'곤부관'에 들렸다. 오직 다시마 한 가지를 테마로 놀라울 만큼 다양한 자료와 식품들을 갖춘 다시마 박물관이다. 그들의 지혜에 놀랍다.

　　환상의 노천 '기타유자와' 온천이 있는 명수정에 짐을 풀었다. 이곳엔 온천탕과 자연의 경계가 느껴지지 않을 만큼 자연과 하나 된 느낌의 탁 트인 노천 온천탕이 있다. 밤에 하늘에 떠 있는 별을 바라보며 즐기는 노천 온천욕과 은은한 조명 속에 편안한 휴식을 누릴 수 있는 것이 이번 여행의 매력이 아닐까. 다다미와 싱글 침대 2개가 놓인 넓은 공간이 마음에 들었다. 차를 마시며 대화를 나눌 수 있어 좋았다.

이튿날 아름다운 호수의 마을 도야로 이동했다. 유람선을 타고 어제 본 우수산과 소와신산 등 웅대한 경치를 바라보며 호수를 한 바퀴 돌고 '사이로' 전망대로 가서 호수의 전경을 보았다.

겨울에는 눈 덮인 설경으로, 여름에는 운치있는 운하의 도시로 유명한 오타루로 갔다. 작은 항구와 좁은 언덕길, 평온하게 흐르는 옛 운하를 따라 늘어선 가스등, 작은 상점들이 어우러진 독특한 풍경, 화려한 역사와 로맨틱한 정취가 흐르는 곳이 오타루의 랜드마크이다. 나는 여기서 북해도 여행 기념으로 아름다운 음악 소리를 담고 있는 오르골과 기모노를 입고 있는 인형을 샀다. 여행을 할 때마다 한두 가지씩 수집한다.

북해도의 최대 도시 삿포로로 가서 구 북해도 청사를 방문했다. 미국 네오바로크 양식으로 약 250만 개의 붉은 벽돌을 이용하여 만든 건물로 1888년 건축된 이래 80년간 사용되다 1969년 국가중요문화재로 지정되었다. 북해도 개척의 역사를 느낄 수 있는 관광 명소다. '북해도 시계대'는 1878년 세워진 이래 120년 이상 지난 지금까지 변함없이 맑은 종소리를 온 도시에 가득 울리는 삿포로의 상징이다. 관광객들이 길을 잃으면 시계대만 찾으면 된다.

오오도리 공원은 도심 속에 펼쳐진 시민 공원으로 여러 행사가 열리는 삿포로 시민들의 쉼터이자 문화공간으로 자리 잡고 있다. 눈꽃 축제도 여기서 열린다고 한다. 겨울에 꼭 한번 오고 싶다.

오늘의 저녁 식사는 북해도를 대표하는 '대게 요리'다. 무제한 제공되나 먹기가 너무 수고스러워 조금 먹다 말았다. 숙소는 삿포로 파크 호텔로 나카지마 공원에 위치하고 있어 도심 속에서도 편안한 휴식을 즐길 수 있었다.

셋째 날은 유황 온천지로 유명한 노보리벳츠로 이동하였다. 이곳에는 지옥계곡이 있다. 벌거숭이 산 곳곳에서 솟아오르는 수증기와 뜨거운 열기, 강한 유황냄새가 마치 지옥을 연상케 한다 하여 이름 붙여진 곳이다.

노보리벳츠 시대촌에 들렀다. 일본 에도시대(사무라이시대)에 인기를 끌었던 놀이, 연극 등을 재현한 테마파크로 약 15만 평의 부지 안에 서민 마을과 무사 저택 거리, 당시 생활상을 재현한 마네킹 모형 등 흥미로움이 가득하다. 에도 시대의 상징인 닌자 또는 게이사(기녀) 메인 공연도 관람했다.

점심에 '도리무시 우동'을 먹었다. 국물과 우동으로 이뤄진 우동과는 달리 나무로 만든 찜통에 닭고기와 우동, 각종 야채를 함께 찐 음식을 특제 소스에 찍어 먹는 담백한 웰빙 음식이다. 여행 중에 먹는 별미였다. 이것은 거부감이 없었다.

아름다운 항구도시 하코다테로 돌아왔다. 하코다테 항구가 한눈에 들어오는 아름다운 언덕에 서서 멋진 추억의 사진을 찍었다. 그 거리에는 하코다테 하리스토 정교회, 구 하코다테 공회당, 하코다테 요하네 교회, 하코다테 베이 에리어가 있다. 과거 번성했던 항구도시 하코다테의 향수를 느낄 수 있는 코스로 당시 창고로 사용했으나 현재는 멋진 샵으로 개조한 카네모리 아카

렝가 창고가 있는 거리 등이 유명하다.

하코다테의 독특한 지형과 반짝거리는 불빛이 만들어내는 야경을 보기 위해 로프웨이를 탑승했다. 인공적인 야경과는 다른 차원의 멋이 느껴진다. 하코다테 야경이 세계 3대 야경 중에 하나이다. 오늘로서 나는 3대 야경을 다 보았다. 베네치아 야경, 홍콩 야경 그리고 하코다테 야경.

오늘은 역사 깊은 '유노카와' 온천을 체험했다. 최상층에 위치하여 탁 트인 시야로 하코다테 풍경을 감상할 수 있다. 붉은 빛깔의 '아카유'는 노천탕에서 투명한 '시로유'는 실내 대욕장에서 각각 두 가지 온천을 즐길 수 있었다. 저녁에 한 번 아침에 한 번 온천을 위해 여행온 것 같다. 피부가 맑아 진 것 같다. 내 느낌이다.

마지막 날 고료카쿠 공원을 산책했다. 이곳은 일본 최초 프랑스 건축방식을 도입하여 1864년에 완성된 에도 말기의 성곽으로 별모양을 이루고 있는 것이 특징이다. 신선조와 유신군간의 하코다테 전쟁에서 유신군이 승리, 메이지유신이 성립되어 일본의 근대화가 시작된 역사적인 장소이다. 고료카쿠 공원을 한눈에 내려다 볼 수 있는 고료카쿠 전망대에 올랐다. 정말 별 모양의 성곽이 눈에 들어온다.

하코다테 국제 공항을 출발하여 인천공항에 도착했다. 친구들과 함께 여행을 하도록 배려해준 짝꿍이 고마웠다. 앞으로 몇 번이나 또 여행을 할 수 있을까.

2012. 9. 13

6075 新 중년

요즘 新 중년이란 단어가 심심찮게 들린다. 6075 시기를 인생의 제2의 전성기로 만들려는 신중년들의 움직임이 활발해지고 있다. 육체적으로 지적으로 더 강해진 이들이 급부상하면서 이들의 소비 파워도 커지고 있다. 신 중년이 고령화 시대의 '짐'이 아니라 '자산'이라는 얘기다.

새롭게 선물 받은 인생 후반전 6075시기에 나는 어떻게 살 것인가? 100세 시대로 가는 여정에 벼락처럼 찾아온 '60~75세'이다. 과거 고령자에게서는 찾아볼 수 없는 더 건강하고 더 여유로운 삶을 구가하고 싶다.

나는 인생 후반전에 나만의 삶을 찾기 위해 정년퇴직을 포기하고 명예퇴직을 했다. 그 당시에는 이런 단어조차 회자되지 않았다. 부모님 다 돌아가시고 자식들도 가정을 이루고 손자 손녀들도 나를 필요로 하지 않았다. 일주일에 세 번 수영을 하고 수필 공부를 하기 위해 또 좋은 강의를 듣기 위해 많은 시간을 할애했다. 뿐만 아니라 친구들과 여행도 다니고 박물관 대학도 다니고 미술관도 순례하고 공연도 보면서 나는 나만의 행복한 시간을 보낸다.

이번에 손녀가 대학에 들어갔다. 명문대에 들어간 스무 살의 청춘. 하지만 나는 손녀와 나의 삶을 바꾸고 싶지 않다. 누가 나보고 예전의 생활로 돌아가라고 한다면 젊음도 좋지만 나는 사양할 것이다. 육체적 건강은 예전만 못하지만 나의 문화생활을 유지할 정도는 되고 삶에 대한 의욕도 왕성하기에 나는 신 중년을 즐겁게 보내고 있다. 다시 말해 현재 삶에 만족한다. 나이에 알맞게 봉사하고 즐기는 일을 할 수 있는 이 시기가 참 좋다. 주관적 만족도가 높다는 뜻이다. 내 스스로 느끼는 나만의 행복감은 지금까지의 인생에서 가장 높다.

요즈음 한 가지 더, 가곡을 배우고 있다. 학창 시절에 불렀던 노래를 다시금 부르면서 마음은 옛날로 돌아가고 있다. 나이는 신 중년 이지만 마음은 이십 대로 돌아가는 것 같다. '나'를 받아들이며 즐겁게 살고 있다.

신 중년은 제2의 전성기임에 틀림없다. 나는 틈틈이 주변 사람들의 상담사 역할도 하고 있다. 상담교사를 했기에 다른 신 중년보다는 다른 사람의 얘기에 더 많이 귀를 기울일 수 있지 않을까. 또한 후배들을 보살피기에도 시간이 모자란다. 이 모든 능력을 주신 분께 감사한다.

나는 신문이나 뉴스를 보다가 처음 듣거나 평소 궁금했던 얘기가 나오면 메모하는 습관이 있다. 이것은 신 중년에서 필요한 습관일 것이다. 지적인 면에서는 끝까지 젊은이로 남고 싶기 때문이다.

요즈음 나는 건강과 품위를 유지하는 데 소비를 늘리고 있는 모습을 발견한다. 전에는 생각은 있지만 얼른 실천에 옮기지 못한 일이다. 특히 문화 소비에도 많은 지출을 하고 있다. 과거의 소비 패턴과는 다르다. 살아갈 날이 살아온 날보다 짧다는 위기의식이 나를 이렇게 변하게 한 것은 아닐까.

하루하루를 무미건조하게 흘려보내는 것은 나 자신이 용납되지 않는다. 이제는 나를 위해 살자. 신 중년은 스스로를 위해 기꺼이 투자해야 한다고 생각한다.

인생 후반전에서 가장 기쁨을 찾는 일은 명수필 한 편을 남기는 것이다.
그것이 평생을 치열하게 살아온 나의 신 중년의 마지막 의무다.

2014. 1. 21

다산 유적지를 찾아서

❀

　　동창들과 함께 봄나들이를 했다. 이촌에서 용문행 중앙선을 타고 운길산역에서 하차한 후 일반버스 56번으로 환승하여 다산 유적지에 도착했다. 먼저 실학박물관에 들어갔다.

　　실학은 조선 후기 경기도와 서울을 중심으로 등장한 유학의 새로운 학풍이다. 임진왜란과 병자호란으로 국토가 황폐화되면서 조선사회는 이에 대처하기 위해 여러 가지 개혁을 진행했다.

　　농업 생산력의 향상와 새로운 상업의 발달은 그 결과 중 일부다. 그럼에도 조선사회는 현실생활과 동떨어진 관념적인 성리학과 형식적인 예학에 머물러 있었다. 이러한 학풍을 반성하고 국가의 총체적인 개혁과 대외 개방을 지향하려는 새로운 학풍이 일어났으니 이것이 곧 실학이다.

　　서양의 문예부흥은 시대 문제의 해결길을 찾기 위하여 그리스나 로마의 고전으로 돌아가려는 운동이었으나 실학은 동아시아의 고전을 재해석하고 새로운 문명의식을 지향하는 운동이었다.

　　다산 정약용은 실학을 집대성한 학자답게 정치, 경제, 역리, 지리, 문학, 철학, 의학, 교육학, 군사학, 자연과학 등 거의 모든 학문 분야에 걸쳐 방대한 양의 저서를 남겼다. 또한 성곽 설계와 축성을 쉽게 할 수 있는 여러 방안과 기계 장치의 고안을 내놓았다. 특히 임금이 내려준 『기기도설』을 참조하여 무거운 물건을 끌어 올리는 기중기라는 새로운 기구를 고안하였다.

수원화성은 정조대왕의 효심과 개혁의 꿈이 서린 계획도시이자 신도시였다. 실학정신으로 건설된 수원화성의 설계자가 바로 정약용이다. 정조대왕이 젊은 정약용에게 성의 설계를 맡기게 된 것은 그의 능력을 확인했기 때문이다. 또한 그는 28세 때 용산과 노량진 사이의 한강을 건너는 배다리 설계에 참여하여 성공적으로 임무를 수행하였다.

정조가 서거하고 순조가 즉위하자 최대의 전환기를 맞는다. 노론과 남인 사이의 당쟁이 1801년 신유사옥이라는 천주교 탄압 사건으로 비화되면서 다산은 천주교인으로 유배령을 받는다. 황사영 백서 사건으로 강진으로 유배된다. 이 시기에 다산학의 두 축을 이루는 경세학과 경학에 대한 집중적인 연구가 이루어져 저서가 500여 권에 이른다.

57세 되던 해에 유배에서 풀려 고향으로 돌아와 저술을 수정 보완하여 자신의 학문과 생애를 정리하였다. 『목민심서』, 『흠흠신서』, 『아어각비』 등 저작을 내놓았다. 회갑을 맞이해서는 '자찬묘지명'을 지어 자신의 생애를 정리하고 북한강을 유람하며 여유 있는 생활을 했다.

다산 정약용이 사는 곳을 마재마을이라 하는데 이 이름은 철마산에서 무쇠로 만든 말이 나오면서 유래하였다. 유적지에는 사당 문도사, 부인 풍산 홍씨와 합장한 정약용의 묘, 정약용의 묘가 있는 유산, 정조의 갑작스러운 죽음으로 고향으로 돌아와 형제들과 경전을 공부하던 '여유당'이 있다. 그 옆에는 한강이 도도히 흐르는데 조선 시대에는 '열수'라 불렀다. 전망대에 올라 사진을 찍으며 우리는 흥에 겨워 노래를 불렀다. 이곳 '호반의 집'에서 메기매운탕을 먹고 실학 생태 공원을 거닐었다.

버스정류장에서 한 친구가 아이스크림을 사주어 학생 때 기분을 되살려 맛있게 빨아 먹었다. 55년 동안 만나는 친구인지라 반가움이 배가 되었다. 추억을 먹고 사는 친구라서 그럴까.

2015. 4. 22

자연을 내 가슴에

🌸

　　가고 싶던 곳 천리포수목원. 민병갈 박사를 뵈러 서둘러 나섰다. 그는 반세기 넘게 한국에 살면서 세계적인 수목원을 일구어 놓고 이 땅에 묻힌 귀화 한국인이다. 광복 직후 미군 장교로 한국에 와서 이 땅의 자연에 빠졌던 그는 외국산 나무를 집중적으로 수집한 끝에 30여 년 만에 아시아 정상급의 자연 동산을 꾸몄다.

　　태안 해안국립공원의 북쪽 모서리에 자리 잡은 것이 '천리포수목원'이다. 수목원이 보유한 식물은 11,000종으로 국립수목원보다 5,000종이 많으며, 목련류magnolia와 호랑가시류ilex의 수집규모는 세계적인 수준으로 평가받는다. 세계가 알아주는 3대 수종 '목련(400여종)', '호랑가시나무(350종)', '동백(300여종)'이 이곳에 있다. 목련이라면 4월의 꽃으로 알려져 있지만 천리포수목원에서는 계절의 개념이 없다. 그 품종은 3월에 꽃망울을 터트리는 비온디로부터 초겨울에 피는 태산목까지 다양하다.

　　민병갈, 그는 자연과 더불어 살고 한국인으로 살았다. 1970년대 서양인 남자로 드물게 한국으로 귀화했고 평생 수집한 것을 고스란히 남겨놓고 이 땅에 묻혔다.

　　나는 그의 동판 초상 앞에서 남의 나라에 와서 산림 발전에 헌신한 이방인을 마음에 새겼다. '밀러 가든'의 중심에 세워진 흉상 앞에서 아름다운 자연 동산을 꾸민 설립자의 이름을 오래 기억하리라. 24세의 밀러 중위는 팔순의 한국 노인이 되었다. 그가 간 지 10년.

그는 자연 친화적인 삶을 살았다. 수목원의 논두렁을 지키는 개구리 석상. 투박하고 욕심없는 개구리를 그는 유달리 좋아했다. 초가를 좋아한 민 원장은 수목원이 있던 옛집을 보호하는데 신경을 썼다.

민 원장의 학습열을 상징하는 다섯 권의 낡은 식물도감은 손때가 많이 묻고 책 묶음이 풀리는 듯 재사용이 어려울 만큼 헤어졌다. 49세에 나무 공부에 뛰어든 그는 책장이 닳도록 식물도감을 읽었다.

1978년 가을 완도 탐사중 발견한 '완도호랑가시' 나무는 겨울철에 열매가 빨갛게 익어 해외에서도 관상수로 인기가 높다. 그가 어렸을 적부터 좋아한 나무는 크리스마스 장식으로 많이 쓰이는 호랑가시나무였다.

'천리포수목원'은 그의 나무 인생에서 가장 빛나는 업적이자 기념비적인 작품이다. 천리포의 헐벗은 야산에 나무를 심기 시작한지 30년만인 2000년 4월 국제수목학회로부터 '세계의 아름다운 수목원'이란 칭호를 받았다.

2002년 4월 8일 태안 보건의료원에서 81세를 일기로 타계했다. 사후에 공개된 유언장에는 '나의 전 재산을 천리포 수목원에 유증한다'. 이 유언을 달리 해석한다면 '전 재산을 나무에게 준다'는 말과 같다. 평생 나무를 사랑했던 그는 전 재산과 함께 자신의 몸까지 나무에게 바쳤다.

천리포수목원은 2012년 4월 8일 10주기를 맞아 고인의 유지를 받들어 무덤을 헐고 유해를 불살라 나무들의 거름으로 뿌렸다. 나는 민병갈의 일생을 통해서 자연을 사랑하며 사는 법을 배웠다. 앞으로 내 작품 속에 자연을 노래하는 글을 많이 실으리라.

2012. 6. 10

위험을 무릅쓰고 떠난 여행

나는 오랫동안 무릎이 아파서 힘들어 하다가 인공관절 수술을 하기로 결정했다. 무심히 생각만 하던 일이 의사 선생님의 결정으로 날을 받고 보니 겁이 덜컥 나고 두려운 마음이 들었다.

수영장 식구들이 몇 달 동안 걷지 못하고 실내에서만 생활을 할 테니 수술 전에 단풍구경가자고 하기에 따라 나섰다. 몸은 버스에 실었지만 바깥의 풍경이 그리 마음에 와 닿지 않았다. 한계령에서 바라본 남설악 일대의 기암과 단풍이 예쁘지만 비가 오지 않아 색깔이 선명하지 않았다.

주전골 입구에서 하차해서 오색약수터로 향했다. 젊은 친구들은 약수터로 향했지만 내 또래 친구들은 약수를 이용하여 만든 족욕 체험장에 발을 담갔다. 약수터에 간 친구들은 물을 받는 사람이 하도 많아서 인증사진만 찍고 내려왔다고 한다. 옛날에 왔을 때는 약수터에 물이 많아서 벌컥벌컥 물을 마시고 병에 담아 왔는데 올해는 가뭄이 심해 약수 물이 졸졸 흐르고 어떤 몰염치한 사람이 1리터 패트 병에 물을 담느라고 많은 이의 눈총을 받았다고 한다. 한계령 넘어오는 골짜기마다 물이 없어 돌무더기만 모습을 보았다.

낙산사로 향했다. 낙산사는 국내 최고의 발원처이자 편안한 안식처이다. 관음성지 낙산사는 1340 여 년 전 관음보살의 진신을 친견하러 온 의상대사가 창건한 이래 국내 최고의 기도 발원처이다. 어머니의 품과 같은 마음의 안식처이다. 금강산, 설악산과 함께 관동 3대 명산의 하나로 꼽히는 오봉산 자락에 자리 잡고 있다.

낙산사는 2005년 4월 대형 산불로 인해 당우가 소실되었다. 지금은 국민들과 불자님들의 성원으로 일주문만 아직 미완성이고 모두 천년고찰의 제 모습을 되찾았다.

해수 관음상에 올라 동해 바다를 보니 가슴이 뻥 뚫렸다. 아픈 다리로 일행들을 쫓아가느라 무척 힘들었지만 올라오기 잘했다는 생각이 들었다. 내려오다 홍련암을 바라봤다. 홍련암은 창건주인 의상대사가 중국에서 돌아온 지 얼마 지나지 않아 양양 해변가 오봉산에 관음보살이 상주한다는 소문을 듣고 관음굴을 찾으니 그곳이 현재의 홍련암 자리다. 의상대에서는 바다를 바라보며 한참을 쉬었다.

돌아오는 차 안에서 좋은 시간을 가졌다. 어떤 가수가 100세까지 인생을 노래했다. 60세에 날 데리러 오면 아직 갈 때가 아니라고 말해주오. 70세에 날 데리러 오면 아직 할 일이 남았다고 전해주오. 80세에 날 데리러 오면 한 번쯤 생각해보겠다고 전해주오. 90세에 날 데리러 오면 마음의 준비를 하고 있다고 전해주오. 100세에 날 데리러 오면 기분 좋은 날 간다고 전해주오.

이 노래가 우스갯소리가 아님을 실감한다. 그만큼 생명이 연장되었으니 나도 무릎 수술 잘 받고 여생을 잘 준비해야겠는 생각이 들었다.

2015. 10. 28

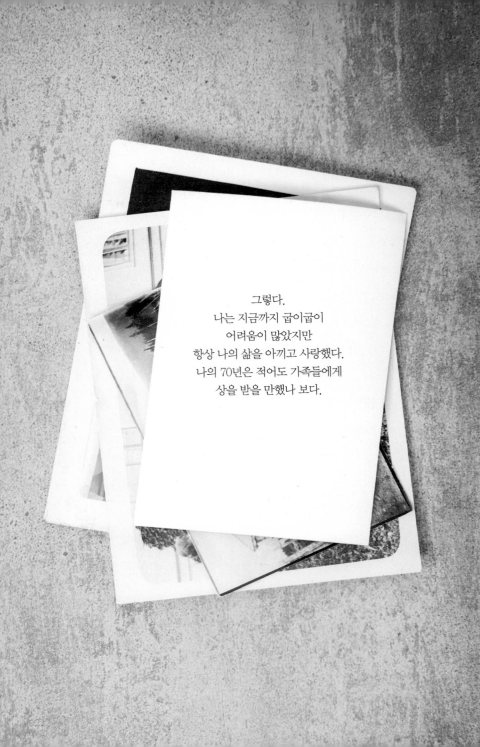

그렇다.
나는 지금까지 굽이굽이
어려움이 많았지만
항상 나의 삶을 아끼고 사랑했다.
나의 70년은 적어도 가족들에게
상을 받을 만했나 보다.

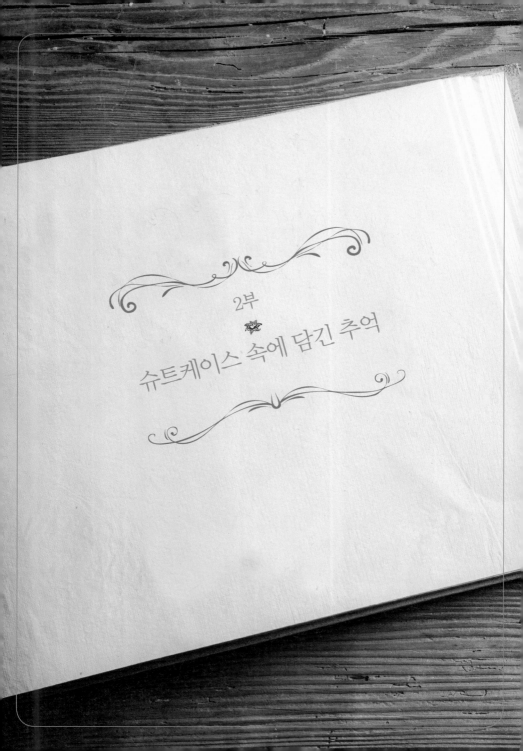

2부

슈트케이스 속에 담긴 추억

딸의 결혼식 (반포성당)

아들 결혼식(반포성당)

축 이승희님 회갑연 축

1995. 9. 2

남편 회갑연

어머니와 함께 미국 동생 집에서

나의 명예 퇴임식때

남편과 회갑 여행 (1)

남편과 회갑 여행 (2)

수선화처럼

봄의 요정 수선화가 피었다. 산수유, 개나리, 유채꽃 등 봄꽃이 만발하였으나 유독 수선화에 눈이 꽂혔다. 대학교 영시 강독 시간에 워즈워스의 수선화水仙花 강의를 듣고 부터 수선화에 대해서 관심을 갖게 되었다.

수선화水仙花

마치 골짜기나 언덕을 돌아다니는 구름처럼

나는 혼자서 방황했다.

그때 문득 보았노라

호숫가에서 나무 밑에서

흩어져 피어있는 한 떼의 황금빛 수선화를

미풍 속에서 그것들은 펄럭이고 춤추고 하였다.

강의하시는 교수님이 얼마나 열강을 하였는지 그만 그 영시를 외워버렸다. 번역하여 그 시를 감상하면 그때의 감흥이 일어나지 않는다. 30년이 흐른 후 영국에 가서 워즈워스 생가를 방문하고서 다시 그 영시를 감상하였다.

그 후부터 수선화는 내 적적한 마음에 친구가 되어 주었으며 고향처럼 정겨운 표정으로 항상 내 곁을 지켜주었다. 수선화를 볼 때마다 눈물이 난다. 작은 몸으로 긴 겨울을 이겨낸 것이 대견하기 때문이다. 나는 그 이후부터 내 이름을 수미須美라 부르며 혼자 불러 보곤 했다. 모름지기 수須, 아름다울 미美가 좋아서다. 모름지기 아름다운 이름 수미.

수선화는 색깔이나 모양이 수수하다. 다른 꽃에 비해 화려하진 않아도 우아하고 단조로운 맛이 있어 정감이 간다. 장미처럼 매혹적이지도 않고, 벚꽃처럼 소란스럽지도 않으며, 코스모스처럼 줏대 없이 하늘거리지도 않는다. 자신을 드러내지 않고 조용하고 은은하게 피었다가 단아한 모습으로 땅에 떨어진다. 추하게 시든 자기 모양새를 남에게 보이고 싶지 않다는 듯. 자존심과 강인함이 한데 어우러진 꽃이다.

수선화는 수선화과에 속하는 다년생으로 아프리카나 유럽에 많이 분포되어 있으며 우리나라에서는 주로 남부지방에서 관상용으로 재배하고 있다. 약간 습한 땅에서 잘 자라며 땅속 줄기는 검은 색으로 양파같이 둥글고 잎은 난초 잎 같이 선형이다. 크기는 20~40cm다. 수선화는 양지바른 곳에서는 2월부터 피고 4월 중순이면 대개 진다. 꽃말은 '자존'이고 꽃이 필 때 아름답고 향기가 그윽하다. '신선'이라는 의미도 내포하고 있다. 한방과 민간에서는 예로부터 생즙을 갈아 부스럼을 치료하고 풍을 제거하는데 사용해 왔다고 한다. 비늘줄기는 거담과 백일해에 탁월한 작용을 한다.

수선화의 일화는 그리스 신화에서 찾아 볼 수 있다. 학명은 Narcissus. 어느 날 나르키소스는 사냥을 하다가 우물곁에 누워 있었다. 목이 말라 목을 축이려고 우물물을 마시던 중, 물속에 비친 자기 모습을 발견하고 그 모습을 사랑하게 되었다. 자기 그림자에 홀린 그는 한 발 짝도 그곳을 떠나지 못하고 물에 빠져 죽었다. 그의 죽은 몸은 변하여 샘가에 한 송이 수선화가 되었다고 한다.

꽃에도 이성이 있다면 아마 '자신을 사랑했을 만큼' 수선화의 자태는 곱다. 봄의 전령 산수유와 매화 뒤에 가려 제 목소리를 내지 못했지만 양지바른 곳이라면 피어있다.

수선화는 고결한 사랑을 의미한다. 장미는 열정적인 사랑을 상징하는 반면 수선화는 고개 숙인 사랑이다. 아낌없이 주는 나무와 같이 순수한 의미로 나는 당신을 사랑한다고 고백한다. 나는 수선화처럼 그런 사랑을 최고의 가치로 생각한다.

올해는 거제도 곳곳이 '수선화 꽃밭'으로 꽃구경 가련다.

2014. 3. 27

수영장에서 만난 사람들

　　일주일에 세 번씩 가는 수영장엔 위로 형님이 두 분, 또래가 세 명, 나를 언니라 부르는 동생들이 열 명 정도 있다.

　Y는 나보다 1년 위다. 사회에서는 1, 2년은 서로 말을 놓는다고 하는데 나는 그게 왠지 잘 안돼서 형님이라 부른다. 아무개야 하고 이름을 부르는 것보다 대접받는 기분이 들어서 괜찮다고 한다. 그분은 웃기를 참 잘한다. 무슨 얘기를 시작만 하면 웃기부터 한다. 그래서 주변을 밝게 한다. 웃으면 복이 온다고 주위에서 그를 싫어하는 사람이 없다.

　J는 나와 동갑이다. 종교는 다르지만 생각이 일치하고 호흡이 잘 맞는다. 그녀는 화술이 뛰어나다. 여럿이 모여 얘기를 하면 그의 말에 도취된다. 특별히 배운 것이 많아서가 아니라 사람들을 자기 얘기 속으로 끌어당기는 힘이 있다. 옷을 사러 가면 모든 사람이 그녀가 모델인 양 옷을 입혀보고 사이즈를 결정한다. 옷맵시가 나이에 어울리지 않게 돋보인다. 본인 자신도 주변 모든 사람도 모두 인정한다. 그만큼 자기 관리를 잘한 증거이다. 그 친구한테는 70대 할머니의 모습을 찾아볼 수가 없다. 손재주도 남다르다. 언젠가 나에게 준 지점토 '신랑 각시'를 보면 전시회에 출품해도 좋을 만큼 기량이 뛰어나다. 노인대학에서 배웠다고 하는데 솜씨가 수준 이상이다. 그에게

가정 밖에서, 사회에서 더 좋은 기회가 주어졌다면 얼마나 좋았을까 하고 나혼자 상상을 해보았다.

키가 큰 O라는 아우는 수영장에서 언니 동생 하며 지낸다. 하루는 남편하고 동네를 산책하는데 그녀가 남편을 보고 "선생님 안녕하세요. 저는 ○○학교 제자 ○○입니다."라고 인사를 하지 않는가. 졸업을 하고 많은 시간이 흐른 후 그녀가 동창회장을 맡고 나서 동창들과 함께 교장실을 찾아왔다고 한다. 그래서 많은 제자 중에 얼른 기억이 난다고 남편이 말했다. 이런 관계로 예전보다 더 친숙한 사이가 되었다. 세상은 참 넓기도 하고 좁다.

그녀는 무남독녀 외딸이고 나 또한 여자 형제가 없어서 그런지 유독 관계가 돈독하다. 집에서 무엇이든지 색다른 음식을 하면 잊지 않고 챙기고 나는 그녀의 손자에게 가끔씩 정을 표시한다. 나하고는 4년 차이지만 일찍이 할머니 역할을 해 보았기에 그녀의 손자 돌보미 대 선배다. 그래서 나의 조언을 필요로 한다. 그러면서 우리의 정은 더욱 깊어간다. 또한 남을 배려하는 마음이 뛰어나다. 나이가 들어갈수록 사람들은 무엇이든지 자기 것부터 챙기는데 언제나 상대방을 먼저 생각하고 나중에 자기 것을 취한다. 이 성품은 그를 더 가까이하게 한다.

이렇게 우리 넷은 수영만 하는 게 아니라 특별한 관계를 유지하며 한 달에 한 번 씩 우의를 다진다. 요즈음 〈내 나이가 어때서〉란 노래가 유행하는데 사회에서 사귄 친구도 인생 여정에 동반자로서 같은 생각을 갖고 즐거움을 나누니 이 또한 행복하지 않은가.

70대라 넋 놓고 한숨만 쉴게 아니라 좋아하는 사람끼리 운동도 하고 건강도 챙기며 대화도 나누며 삶을 영위한다면 100세 시대에 희망을 갖고 즐겁게 살지 않을까 생각해본다.

2015. 4. 1

가슴 뛰던 날

❋

　　올여름은 유난히 더웠다. 계곡으로 갈까 하다가 '오션 월드'로 갔다. 8시에 사당역에서 만나기로 했는데 새벽부터 서둘렀다. 우리들은 수영장 식구들로 일주일에 세 번 이상씩 만나서 건강에 신경을 쓰고 있다. 50대에서 70대까지 연령층도 다양하다. 반장인 B가 제안하여 18명이 출발했다.

　　오션 월드는 젊은이들의 천국이었다. 우리 같은 올드 피플은 보기 드물었다. 카바나에 자리를 정하고 들락날락 거렸다.

　　제일 먼저 튜브에 딸린 양손 손잡이에 손을 넣고 물살을 따라 둥둥 떠 내려가니 여간 재미있는 것이 아니었다. 어렸을 때 손자 손녀들과 '캐리비안 베이'에 가 본 후 십여 년 만에 처음이었다. 친구들과 함께라서 그런지 부담이 없고 더 신이 났다.

　　다음에는 파도를 타기로 했다. '붕' 소리와 함께 파도가 밀려오는데 발이 땅에 닿지 않아 겁이 좀 났다. 거듭할수록 요령이 생겨 파도에 밀려 나가는 것이 재미있었다. 어찌나 사람이 많은지 물속에 점이 박힌 것 같다.

　　점심때가 되자 밖으로 나왔다. 찹쌀밥에 김, 묵은 김치에 겉절이, 팥칼국수에 고구마 줄기 김치, 풋고추에 쌈장 등 다양한 식탁이 차려졌다. 후식으로 커피, 매실차, 복숭아 등 참으로 많은 준비를 해왔다. 젊은 친구들에게 고마움과 미안한 마음이 들었다. 특히 팥칼국수를 끓여온 친구는 새벽 네 시에 일어나서 준비했단다. 이렇게 많은 식구가 먹을 수 있을 만큼 준비한 그의 큰 손에 놀랐다.

나이 들어가며 이렇게 함께 할 수 있는 친구가 있다는 것이 얼마나 행복한 가. 젊은 친구들은 우리를 언니라 부르며 살갑게 대해주고 우리들은 그들을 사랑으로 대하니 오고가는 대화가 정겹다. 한두 해도 아니고 오랜 시간을 함께하니 어떤 모임보다도 더 친밀감을 느낀다. 그럴 수밖에, 어떤 이는 남편 보다도 더 가까울 수도 있다며 농담도 한다.

다른 친구가 안쪽으로 가자기에 따라갔다. 사람들이 튜브를 들고 계단을 오르고 있다. 5층까지 올라가서 보니 경고문이 눈에 들어왔다. 55세 이상은 탈 수 없다고 쓰여 있다. 탈 수 없다고 생각하는 순간 죽기 아니면 까무라치기로 한번 타보자는 오기가 생겼다. 다행히 안내하는 사람이 나를 만류하지 않았다. 눈을 딱 감고 통속으로 들어갔더니 어느새 물속에 덤벙 빠져 있었다. 대단한 용기였다.

피로도 풀 겸 온천탕으로 발길을 옮겼다. 하늘을 바라보며 친구와 담소를 나누니 이 또한 즐거움이 배가 된다.

시선을 바꾸니 대명 콘도가 즐비하게 늘어서 있다. 그 많은 사람들을 수용 할 수 있다니 우리의 레저 문화에 탄복할 수밖에 없다. 언제부터 우리가 이 렇게 즐기며 살아왔는가. 겨울에는 스키장으로 여름에는 물놀이로 그 많은 사람을 부르니 우리의 생활 수준이 한층 높아졌음을 실감케 한다.

찾아오는 오는 방법도 다양하다. 자가용 이용자도 많지만 셔틀버스 이용자도 참으로 많다. 우리 회원 중에 콘도가 있는 사람이 있어 일부는 하룻밤을 자고 나머지는 저녁 6시에 출발했다.

아침에는 1시간 20분이면 도착했는데 돌아올 때는 러시아워에 걸려 2시간 이상 지체했다. 우리는 피곤함도 잊은 채 차 안에서도 화제가 끊이지 않았다.

오늘 하루 중에 제일 어려운 것이 옷장과 신발장 키를 찾는 것이었다. 미로 같은 곳을 찾아 헤매느라 한참 애를 먹었다. 물론 표시가 되어 있었지만 숫자에 익숙지 않아 또 한 번 웃음을 자아냈다. 한 친구는 타월을 준비하라 했더니 손녀가 덮던 큰 타월을 준비해서 배낭 무게와 크기에 놀라 우리를 크게 웃게 해 주었다.

한 달에 한 번씩 점심을 먹으며 우의를 다지고 벚꽃놀이도 가고 연말에는 송년 파티도 했지만 이번 나들이는 정말 잊지 못할 추억을 만들어 주었다. 모처럼 젊음으로 돌아가 자유를 만끽하고 마음껏 목청 높여 소리 지르니 내 속에 있는 에너지가 다 발산하는 것 같다. 수영장 친구들이여! 고마워.

2013. 8. 24

슈트케이스 속에 담긴 추억

지난주에 예술의전당 내에 있는 한가람 미술관을 들렀다. 그곳에서는 바티칸 박물관 展이 열리고 있었다. 딸이랑 그 작품들을 감상하면서 내 첫 번째 유럽여행이 기억났다.

내가 처음 해외여행을 시작한 것은 1980년 어머니가 미국으로 이민 가신 후부터였다. 십여 년을 혼자 어머니를 뵈러 다녔다. 그곳에서 짧은 여행을 즐겼으나 남편의 회갑을 맞이하여 정식으로 10박 11일 일정의 서유럽 여행이 사실상 나의 첫 번째 여행이었다. 나는 비로소 여행의 여유와 즐거움을 만끽하였던 것 같다. 그 후로는 발동이 걸려 2, 3년에 한번 씩 여러 곳을 돌아다녔다. 하지만 지금까지도 여행하면 떠오르는 것은 남편과 처음으로 떠난 유럽여행이다. 그때 샀던 빨간색 가방은 지금까지도 추억의 산물이다.

이탈리아의 수도 로마는 단지 거리를 걷는 것만으로도 기분 좋은 설렘을 느끼게 해주었다. 하루 종일 걸어 다녀도 질리지 않을 만큼 볼거리로 가득한 곳이다. 검투사가 나오는 영화에서 보던 원형 경기장은 물론, 지난 사람의 약속을 기억하고 있는 트레비 분수까지, 도시 전체가 하나의 영화 세트장을 그대로 옮겨 놓은 듯한 곳이다.

특히 트레비 분수에 가면 누구나 할 것 없이 분수를 뒤로 하고 동전을 던지기에 여념이 없다. 한 번 던져 분수 안으로 들어가면 로마로 다시 올 수 있다는 뜻이며, 두 번째는 원하는 사랑을 이룰 수 있다고 한다. 나도 열심히 던졌지만 거리가 멀어 성공하지 못했다. 다만 기부한다는 마음으로, 또 로마에 왔다는 추억거리로 던졌었다.

바티칸 시국을 방문한 가톨릭 신자들은 교황이 주관하는 미사에 참석하기를 원하며 대단히 영광스럽게 생각한다. 그러나 나는 미사에는 참석하지 못하고 성 베드로 광장에서 많은 순례객들과 함께 교황님을 알현했다. 내가 갔을 때는 지금은 돌아가신 요한 바오로 2세가 교황이셨다. 창문으로 모습을 비추며 손을 흔드셨던 모습이 눈에 선하다. 또한 그 광장의 원주 기둥들이 잊혀지지 않는다. 그리고 무엇보다 신자였던 나에게 가장 인상적인 곳은 카타콤베였다.

카타콤베란 초기 기독교 때 로마의 박해를 받던 기독교인들의 지하 무덤을 뜻하는 말이다. 대부분이 지하 2, 3층의 미로로 되어 있어 가이드가 없으면 길을 잃기 십상이었다. 천장과 벽에는 프레스코가 그려져 있다. 그 안에는 수많은 성인의 시신이 해골이 되어 묻혀 있어 초기 기독교를 이해하는데 소중한 장소였다. 이천 년 전 그 지하에서 두려움에 숨죽여 기도하고 죽어갔을 그들이 형상화되어 그 지하 한구석에서 오랫동안 묵상을 했다.

베네치아는 100개가 넘는 크고 작은 운하가 흐르는 곳이다. 베네치아의 상징이라고 할 수 있는 곤돌라는 운하를 순회하며 낭만적으로 관광을 즐기게 해준다. 이때 곤도라의 노를 저어준 사람이 십년 째 이곳에서 성악을 전공하는 유학생이었다. 그는 학업을 마치고 귀국할 날을 기다리고 있다고 했다. 유학생의 어려움을 이해할 것 같다.

서유럽을 돌아다니는 여행이라 많은 것들을 보았지만 지금까지 내 마음 속에 남은 것은 이탈리아였다. 바티칸 박물관 전 내를 걸으며 50대를 시작하던 내 모습이 떠올랐다. 그때를 추억하며 이번엔 피에타상이 그려진 텀블러 한 개를 사갖고 돌아왔다.

벌써 이십여 년의 세월이 흘렀다. 그러나 아직도 나의 빨간 여행 가방만 보면 그때의 감흥이 되살아나 나를 그 시간 속으로 빠져들게 한다. 내 삶을 꽃피운 시기는 여행이 시작되던 시기와 맞물린다. 나의 호기심, 나의 열정과 성실함의 보상이 내 여행의 든든한 지원군이었다. 지금도 베란다 창고 문을 열면 빨간색 슈트케이스가 싱긋이 웃으며 누워 있다.

2013. 1. 10

내가 본 연평해전

친구들과 함께 〈연평해전〉을 보러 갔다. 연일 관객 수가 늘더니 '500만 클럽'에 이름을 올렸다.

연평해전은 햇볕정책으로 남북한 화해 분위기가 무르익은 2002년 6월 29일, 서해북방한계선(NLL)을 넘어 남하한 북한 경비정이 이를 차단하던 우리 고속정을 선제 포격하면서 시작돼, 우리 고속정 375호가 격침되고 6명의 전사자와 19명의 부상자가 발생했다. 우리는 월드컵으로 들떠 있었고 북한은 그것을 노렸다. 무방비 상태에서 정신이 해이해진 순간 기습을 당한 것이다. 북한은 상식이 통하지 않는다는 것을 느꼈다.

김대중 당시 대통령은 2000년 남북정상회담 후 이제 전쟁 걱정은 없어졌다고 선언했다. 그 후 노무현 전 대통령의 NLL 포기 발언 논란과 대청해전, 천안함 폭침, 연평도 포격 등이 이어졌다. '연평해전'은 끝나지 않았다.

온 국민이 하나가 된 2002년 6월에 연평도 근해에서 실제로 일어났지만 잊힌 전쟁, 7년의 제작 과정에 대한 호기심, 남의 일 같지 않은 가족적 공감대, 극장에서 오랜만에 쏟은 눈물과 카타르시스가 흥행의 배경으로 꼽힌다.

영화 〈연평해전〉 김학순 감독은 尹소령 모교 송도고에서 강연을 했다. 송도고는 학생과 교직원들이 성금을 모아 이 영화에 제작비를 내기도 했다. 윤

소령은 원칙을 철저히 지키면서도 부하들을 따뜻하게 돌보는 '부드러운 카리스마'를 갖고 있어 해군사관학교에서 동기들도 모두 부러워했다고 한다.

연평해전 전사자들은 우리를 대신해 싸우다 숨졌고 유족들에게 그들은 누구보다도 소중한 가족이었다는 사실을 기억하며 아픔을 공유하는 것이 대한민국 국민으로서 해야 할 일이라고 생각한다.

이 영화를 20~30대 젊은 층이 많이 보고 SNS에서 최고의 화제가 되었다고 한다. 젊은이들이 영화에 대한 이념적 매도에 휩쓸리지 않고 스스로 판단한 것을 볼 때 대한민국의 변화가 시작되었다고 느낀다.

〈연평해전〉은 국민적 후원으로 완성됐다. 영화를 보면서 국가가 얼마나 중요한 것인지 국민은 어떤 마음이어야 하는지 돌아볼 수 있었다. 우리가 해야 할 것은 그들을 잊지 않는 것이다. 우리가 그들을 잊지 않는다면 유족의 아픔도 조금은 가시지 않을까?

〈연평해전〉은 대중적인 지지를 받고 있다. 예술적으로 빼어난 영화는 아닐지 몰라도 편견 때문에 관람을 외면하거나 비평조차 포기할 만큼 졸작도 아니다. 우리 모두 13년간 모른 척했던 역사이기 때문이다.

우리가 2002년 월드컵을 기억하는 만큼만 대한민국을 위해 싸운 참수리 375호 6명도 기억해주었으면 좋겠다.

2015. 8. 4

바티칸을 몸으로
느낄 수 있는 전시회

신문에서 '바티칸 박물관 展'을 한다는 소식을 접하고 딸과 함께 예술의전당 한가람 미술관을 찾았다. 바티칸 박물관은 세계에서 가장 작은 국가 바티칸이 낳은 세계에서 가장 큰 박물관이다. 프랑스 루브르 박물관과 영국 대영 박물관과 함께 세계 3대 박물관으로 꼽힌다.

바티칸은 베드로가 묻힌 곳에 세워진 가톨릭의 중심이며, 2000년 넘게 전 세계 가톨릭 신자들의 수장인 교황이 하느님께 신자들의 마음을 전하는 곳이다. 가톨릭 신자들의 정신과 마음을 모으는 곳이기도 하다. 또한 수많은 예술가들이 자신들의 신앙을 그림과 조각으로 표현하려 애쓴 곳이다.

나는 좀 더 자세히 관람하기 위해 오디오까지 빌렸다. 바티칸 박물관 展에는 73점이 전시되어 있다. 부제 '르네상스의 천재 화가들'이 말해 주듯, 르네상스 초기부터 전성기(14~16세기)까지 대표적 작품이 망라되어 있다. 특히 레오나르도 다 빈치와 미켈란젤로와 라파엘로 산치오의 작품이 눈길을 끈다.

레오나르도 다 빈치의 〈광야의 성 히에로니무스〉

'정말로 살아있는 인간처럼 보이는 인간'을 그리는 것이었다. 이 그림은 참회하는 수행자의 모습을 그렸다. 광야 한가운데에서 참회를 위해 돌로 가슴을 내리치기 직전의 순간을 잡아내어 성직자의 근엄함보다는 인간적인 고뇌를 표현하고 있다.

미켈란젤로의 조각상 〈피에타〉

슬프지만 아름다운 모자의 이야기, 성모 마리아의 슬픈 표정이 참으로 슬퍼서 아름답다는 극찬을 받고 있다. 이탈리아어로 슬픔 또는 비탄이라는 뜻을 지닌 〈피에타〉는 그가 25살에 완성한 르네상스 시대 조각의 걸작이다. 또한 미켈란젤로의 서명이 남아있는 유일한 작품이다. 〈피에타〉는 성모 마리아의 몸이 예수보다 훨씬 크게, 젊은 모습으로 표현되었는데 이는 평생 이상적인 아름다움만을 추구한 미켈란젤로가 성모의 비극적인 탄식을 아름다움을 초월한 이상향으로 표현하고자 한 것이다.

라파엘로 신치오의 〈사랑〉

성품, 재능, 열정 등 모든 것이 완벽했던 그가 인간 최고 덕목인 '사랑'을 목판에 담았다. 어머니에 대한 그리움의 표현이다. 성모의 품에 안긴 예수의 〈사랑〉은 믿음, 소망, 사랑 중 '사랑'이 그려져 있다. 이 목판은 다른 두 개의 목판과 더불어 믿음, 소망, 사랑을 상징하는 요소들이 저마다 아기 천사들에 둘러싸여 있다. 한 천사는 사랑을 상징하는 불이 가득한 항아리를 어깨에 메고 있고, 다른 한 천사는 사랑의 영감에서 비롯한 사심 없는 자선을 연상시키는 동전이 가득한 그릇을 쏟아붓고 있는 모습에서 무한한 사랑을 느낄 수 있다.

멜로초 다 포를리의 〈비올라를 연주하는 천사〉

제목은 낯설지만 그림을 보면 '아! 이거.'라고 생각할 노란 머리의 아기 천사가 작은 기타 같은 모양의 악기를 연주하는 그림…. 정말 아름다웠다. 1400년대 이탈리아 화가들 가운데 가장 유명한 멜로초 다 포를리의 대표작이다. 그는 1478년에 '교황의 화가'라는 권위로 화가 대학을 세운 창설 멤버였다. 천재적 재능을 펼치며 로마의 고대 그리스도교와 비잔틴 앱스 양식을 전형적으로 재해석하고 있는 이 프레스코는 멜로초의 예술에서 가장 혁명적인 걸작이다.

나는 그림을 잘 모르고 감상할 줄은 모르지만 600년 전 화가의 그림 앞에서 마음의 평안을 느끼며 오래오래 바라보며 있었다. 나는 오늘 젊음의 수혈을 받은 느낌이었다.

2013. 1. 31

한국 근현대회화 100선

❧

　11월의 끝자락 K 수녀님과 함께 국립현대미술관 덕수궁관에 갔다. 대한문 덕수궁 궐문을 지나 미술관으로 가는 길은 낙엽이 다 떨어져서 쓸쓸함 마저 감돌았다. 곱게 물든 단풍과 함께였으면 더욱 좋았을 텐데 하는 아쉬움이 들었다.

　미술관 입구의 석주와 계단은 처음 문단에 발을 들여놓는 계기가 되었던 곳이다. 딸이 대학생 때 조선일보 주최 백일장이 이곳에서 열려 함께 왔었다. 딸은 운문부에 나는 산문부에 입상하여 기쁨을 안겨 준 곳이기도 하다.

　이곳에서는 한국미술사에 큰 업적을 남긴 화가 57명의 수묵채색화 유화 등 회화작품 100점을 감상할 수 있었고 또한 1920년대부터 1970년대에 이르기까지의 회화 작품을 통해 반세기의 한국근현대사를 볼 수 있었다.

　우리는 오디오 기기를 빌려서 그림을 감상했다.

　오지호의 〈남향집〉은 그 햇살이 지금도 빛나고 있었다.

　배운성의 〈가족도〉는 대청마루 앞에 모여 있는 17명의 인물. 당시 조선을 대표하던 갑부인 백인기 일가 구성원들과 작가 자신이다. 색동옷을 입은 아이, 쪽도리를 쓴 손녀를 안고 있는 할머니, 개까지 등장한 가족사진이다. 맨 왼쪽의 흰색 두루마기를 입고 서양식 밤색 구두를 신은 사람이 배운성이다.

백인기 가家의 집사였던 배운성은 백인기의 후원으로 독일로 유학가서 정식 교육을 받은 국내 최초의 유럽 미술 유학생이 되었다. 그는 주인 집 아드님이 유학 갈 때 머슴으로 데리고 갔는데 거기서 공부를 열심히 하여 1940년 귀국하였다. 홍익대에서 학생을 가르치다 6·25 발발 후 월북했다. 외국에서 입신한 그는 백씨 일가에 대한 흠모의 정과 조국에 대한 그리움을 정성스럽게 이 그림에 담아 놓았다.

이중섭의 〈황소〉는 주황과 먹빛의 황소가 돌진하다 놀라서 멈춰서 있는 풍경 같았다. 복사판은 봤어도 진품은 처음 보아 가슴이 뛰었다.

박수근의 〈빨래터〉는 기법이 특이했다. 엽서 세 장을 이어 붙인 크기에 불과 3호짜리 이 작은 그림이 왜 사람의 관심을 끄는지. 박수근은 정규 미술 교육을 받지 않았고, 양구 공립 보통학교를 졸업하고 독학으로 그림을 배웠다. 형편이 어려워 미군 부대에서 그림을 그려 생계를 유지했을 정도다. '엘리트코스'와는 거리가 먼 이 화가는 그의 성품처럼 소박하면서도 정감있는 그림을 그렸다. 풍경 속에서 인물을 배치한 탄탄한 구성력이 돋보인다. 맨 왼쪽의 여인은 반쯤 일어선 자세로 그려 넣어 화면에 활기를 주고 있다. 모두 등을 돌려 앉아 빨래하는 모습이 모두 다르다. 엉거주춤 서 있는 사람, 완전히 구부린 형태 등. 무엇보다도 이 작품의 특별한 장점은 사람의 살아가는 모습을 아주 작은 그림 속에서도 충분히 이끌어 낼 수 있었던 박수근의 화가로서의 능력일 것이다. 옹기종기 모여 빨래하는 아낙네들 사이로 개울물 흐르는 소리, 옷감 비비는 소리가 스며들고 두런두런 나누는 다정한 이야기가 들리는 듯하다.

김환기의 〈피란열차〉에서는 내 삶의 흔적들을 보면서 향수에 젖는다. 지붕 없는 화물칸에 실려 피란 가던 일이 떠올랐다.

김기창의 〈아악의 리듬〉은 잘 들리지도 않는 이가 이것을 어떻게 표현했을까 궁금증이 든다.

소록도 간호사를 따스한 노란 빛으로 그려낸 천경자의 〈길례언니〉는 화사하고 따뜻한 색채가 크리스마스 분위기에 딱 어울린다. 왠지 친근감이 든다.

유영국의 〈무제〉는 가운데 노란 삼각형이 매우 인상적이다.

장욱진의 〈가로수〉는 빗자루를 세운 듯한 포플러 가로수 길을 한 가족이 일렬로 걷는다. 턱수염 남편과 쪽머리 아내가 어린아이와 강아지, 소를 거느리고 산책을 나선 가족의 모습을 단순하면서 귀여운 필치로 그려냈다. 두 그루 나무 위엔 새둥지 대신 정자와 집이 올라앉아 있다. 그 위로 저녁 해가 빨갛다. 나무 위의 집에선 '누군가' 이 행렬을 내려다본다. 작가의 상상력에 압도당한다.

이봉상의 〈산〉은 산 같은 사람이 산을 그렸으니 자화상을 그린 셈이다. 구성이 보여주는 견고함과 묘한 긴장 관계를 이룬다. 산은 이리저리 옮겨 다니지 않는다. 제자리에 우뚝 서 있다. 계절 따라 산만큼 화려하게 거듭나는 게 세상에 어디에 있으랴.

책에서만 보던 작품을 직접 눈으로 봤을 때의 그 전율, 그런 거 느끼려고 이곳을 찾은 것은 아닐런지. 고궁의 조용하고 아름다운 정취를 만끽했다.

2013. 12. 10

레미제라블 - 참된 자유의 의미
Les Misérables

오랜만에 남편과 함께 〈레미제라블〉을 감상했다.

'레미제라블'은 '불쌍한 사람들'이란 뜻이다. 프랑스 대혁명 26년 후 1815년을 배경으로 한 소설을 영화한 것이다.

영화의 첫 장면은 전개될 암울한 미래의 분위기를 시사해 준다. 죄수들의 강제 노역을 부각시키면서 "Look Down(고개를 숙여)"를 부르며 세차게 밀어닥치는 파도와 맞서 난파선을 육지로 끌어 올리는 죄수들의 장면이 장엄하다. 높은 곳에서 그들을 내려다보며 채찍을 움켜쥔 경감 자베르의 모습이 대조를 이룬다. 이 두 거리의 차이는 엄청난 간극을 느끼게 한다.

죄수 번호 24601로 불리던 장발장의 19년 복역이 가석방으로 끝나려는 순간 경감은 바닷가 진창에 처 박힌 거대한 국기를 끌어오라고 명령한다. 자유, 평등, 사랑의 상징인 프랑스 국기를 온 힘을 다해 끌어 올린 장발장의 얼굴에 밝은 햇살이 비친다. 해방의 상징이다.

그는 감옥에서 살아온 19년을 저주하듯 분노와 증오 속에서 살아가려하지만 전과자의 낙인 때문에 온갖 모욕과 천대를 받으며 헤매다 주교관 앞에서 쓰러진다. 이를 발견한 주교는 음식과 잠자리를 제공해주며 환대한다. 그러나 장발장은 그 은혜를 저버리고 은그릇을 훔쳐 달아나다가 경관에게 잡혀온다. 주교는 경관 앞에서 "내가 준 은촛대는 왜 놓고 갔느냐?"면서 훔친 자루에 은촛대 두 개까지 넣어준다. 그 은그릇들은 장발장에게 선물로 준 것이라고 변호한다. 여기서 장발장의 노래가 의미심장하다.

"그의 용서는 나를 사람으로 만들었다. 날 믿어주고 용서했어. 난 세상을 증오했는데 그는 내게 자유를 주었어…. 내게 영혼이 있다고 했어…."

그는 주교를 통해 구원의 은총을 체험했다. 하느님의 자비와 사랑을 체험한 자는 변화하기 시작한다.

장면은 바뀌어 1823년 장발장은 사회에서 성공한 공장의 사장, 시장의 신분으로 변모해 살고 있다. 장발장 공장에서 일하는 가난한 사람들 중 '판틴'은 아름다운 외모 때문에 욕망에 눈먼 남성들에게 괴롭힘을 당한다. 그는 딸 코제트의 양육비를 구하기 위해 창녀가 되고, 누명을 써 자베르 경감에게 체포되려던 순간 장발장이 구해준다. 고통과 악몽 같은 삶이 되풀이 되던 판틴은 병들어 죽게 된다. 장발장은 온갖 희생을 치르며 판틴과 약속한 그의 딸 코제트를 구출해 양육하게 된다.

장발장에게 코제트는 새로운 삶의 전환점을 가져다주는 존재다. "네가 내 곁에 있다는 것은 눈에 보이지 않은 무언가의 새로운 시작이야. 갑자기 온 세상이 은총과 광명으로 가득 차 큰 소망이 내 속에 있네. 넌 햇살처럼 내 마음을 녹여 주었어. 넌 생명과 사랑을 내게 선물했어." 그의 내면에 빛이 비치고 행복이 무엇인지를 알아간다.

장발장을 집요하게 뒤쫓는 자베르 경감. 그는 법치주의자, 아니 철저한 법의 노예였다. 형명대원들에게 첩자로 숨어들었던 자베르가 잡혔을 때 장발장은 일생동안 자신을 괴롭혔던 자베르를 죽이지 않고 탈출시킨다. "나는 자네를 원망하지 않아…. 자넨 주어진 임무를 다했을 뿐이야." 장발장의 말에 새로운 메시지를 담는다. 반면 다시 끈질긴 추격을 시작한 자베르는 수녀원 성당 꼭대기 난간을 위태롭게 걸으며 장발장을 찾게 해 달라고 기도한다.

코제트의 애인 마리우스는 장발장의 도움으로 하수구를 통해 구출된다. 천신만고 끝에 부상당한 마리우스를 끌고 탈출하는 순간 경감 자베르가 버티고 서 있다. 장발장은 다급한 심정으로 한 인간 생명을 살리기 위해 시간을 달라고 한다. 자베르는 갈등하며 죽이지도 체포하지도 못한다. 그리고 높은 절벽 위 난간 끝에서 혼란의 노래를 부른다. 그의 양심과의 싸움을 극명하게 보여주는 장면이다.

"그놈과 나는 공존할 수 없어…. 그는 천사인가? 악마인가? 모든 게 혼란스럽구나. 그놈을 믿어도 되나. 그의 죄는 용서 받을 수 있나? 그를 사면해도 되나… 돌 같은 내 마음이 떨고 있구나. 그는 나를 살려줌으로 내 영혼을 죽여버렸네." 그리고 그는 거대한 바다의 파도 속에 스스로 몸을 던진다.

마리우스 집안은 상류층 귀족 집안이다. 그럼에도 그는 가난한 이들을 위한 혁명군에 가담했다. 마리우스와 코제트의 사랑은 부르조아적인 아들과 빈민 계층의 딸과의 결합이다. 이들의 결합은 서민과 특권층 사이의 장벽이 무너지고 평등으로 살아갈 수 있는 긍정의 힘을 상징한다.

장발장은 자주 자기 스스로에게 질문을 던진다. "나는 누구인가?" 이것은 인간 실존을 묻는 철학적이자 형이상학적인 질문이다. 장발장은 이렇게 독백한다. "나는 장발장! 하느님의 용서와 자비로 구원된 인간 장발장이다." 코제트 곁에서 행복한 죽음을 맞이하는 그의 마지막 말이 그것을 증명한다.

"축복받은 인생이었다…."

끝을 장식하는 장면이 대 서사시적이다.

"사랑은 영원한 것. 진리의 말은 서로 사랑하는 것. 우리가 서로 사랑하는 것은 님의 얼굴을 보는 것."

"어둠 속에 사라진 민중들의 노래가 들리는가? 모든 사랑의 전사가 되리라. 바리케이트 저 너머 어딘가에 낙원이 있을까? 내일은 오리라."

이미 내용을 알고 있었는데도 마지막에는 감동으로 눈물이 나왔다. 인간 대접을 받지 못하던 사람이 참다운 인간으로 존중받고 진정한 용서와 자비를 입게 되면 삶이 변화될 수 있겠다는 생각이 들었다. 또한 진정한 자유의 의미를 되새겨 주었다.

2013. 2. 5

'이집트 문명 展'을 보고

한국 박물관 100주년을 기념한 '이집트 문명 展'을 보러 갔다. 4대 문명의 하나로 사람들에게 회자된 이집트 문화에 나도 관심이 많았던 터라 서둘러 찾았다. 박물관이 용산으로 옮겨진 후 세 번째이다. 일반 입장료는 만 원인데 경로 우대는 삼천 원이다. 꼭 그래서만은 아닐테지만 노인들이 많이 눈에 띈다.

여름방학을 맞아 선생님을 따라온 학생들이 선생님의 설명을 놓치지 않으려고 무엇인가 듣고 적기에 바쁘다. 엄마와 함께 온 유치원 아이들도 눈길이 반짝반짝이다. 그 아이들이 무엇을 얼마나 이해하고 돌아갈지 모르지만 싱그럽기 이를 데 없다.

'이집트는 나일강의 선물이다.'

이집트는 일찍이 나일강의 풍부한 물과 비옥한 땅을 누린 복 받은 나라다. 주기적인 범람을 극복하는 노력과 지혜에 따른 독특한 문화를 이룩했다. 피라미드, 미라, 신화 등. 우리가 알고 있는 모든 것이 이런 특성에서 빚어진 산물이다.

전시는 크게 4부로 구성되어 있다. 1부는 고대 이집트의 신화와 내세관을 소개한다. 2부는 이집트의 문화유산을 이해하는 근간이 되는 '살아있는 신'

파라오를 다룬다. 3부는 고대 이집트 사람들의 생활상과 관련된 유물을, 4부는 고대 이집트의 내세관을 보여주는 부장품과 미라를 선보인다. 미라들은 4구 정도 전시되어 있다.

나는 이 중에서 출애굽에 등장하는 파라오를 먼저 보고 싶었다. 파라오는 이집트 왕의 호칭이다. 원래 이 말은 고대 이집트어 페르오per-o(위대한 집)에서 비롯되었다. 이것이 고대 그리스인들에게 전해져 오늘날과 비슷한 '파라오'로 변했다.

파라오는 신의 아들이자 대리자로서 이집트를 통치하는 절대적인 존재였다. 그 권력으로 위대한 건축물을 건설하고 다른 나라를 정복하는 전쟁을 수행하였다. 또 나일 강을 관리하면서 이집트인들의 풍요로운 농경을 지휘하였다. 죽어서도 피라미드나 화려한 왕릉에 묻혀 다시 신이 되었다고 한다.

우리에게 전해지는 유물 외에도 무덤 내에 그려진 벽화나 파피루스의 기록 등이 고대 이집트 사람들의 생활상을 잘 나타내고 있다. 이집트인들은 빵과 맥주를 즐겨 먹고, 미용과 청결을 위해 가발을 쓰고 화장을 하였으며 일상생활에서 일어나는 일들을 꼼꼼히 문자로 기록하였다.

고대 이집트인들에게 죽음은 내세에서 새로운 삶이 시작되는 것을 의미한다. 죽음은 부활이라는 자연적인 재생, 즉 순환의 한 부분이었다. 그래서 신체보존이 중요했다. 부활하기 위해서는 몸과 영혼이 다시 합해져야만 했다. 미라를 만드는 것은 바로 이 신체 보존을 위한 것이었다. 시신을 보존하기 위해 시신을 송진에 담근 붕대로 감아 미라를 만들고 그 위에 석고층을 입혀 시신을 보존하기도 했다. 시신은 우선 금속 갈고리로 뇌를 제거한 다음

왼쪽 옆구리를 잘라 심장과 콩팥을 제외한 모든 내장을 빼냈다. 내장은 아마포로 싸서 석회석으로 만든 용기에 담았다.

이집트인들은 무덤의 벽, 관, 미라를 감싼 붕대 등에 『사자의 서』에 있는 문구를 적어 넣어 주술적 효과를 높이려 했다. 파피루스 두루마리는 관 속의 시신 옆에 놓여 졌고 미라의 바깥쪽 붕대에 감거나 프타-소카르-오시리스 인형 속에 넣었다.

『사자의 서』에는 사후의 심판에 관한 내용이 담겨져 있다. 이는 '망자의 부활과 신격화'를 위한 주문이다. 이 주문은 망자에게 '자유와 활동'을 보장해 주고 하계에서 '유용하게 쓰일 수 있는 것'을 제공하는 것이었다.

나는 오늘 수천 년 전의 이집트 문화유산을 통해 인류 문명의 발자취를 더듬으며 최대 규모의 진품을 감상할 수 있었다. 이집트의 역사와 문화에 대한 관심이 한층 더해지는 계기가 되었다.

2009. 7. 26

대영박물관 展 관람기
- 그리스의 신과 인간

서양문화사의 프롤로그를 열었던 그리스 유물들의 첫 나들이라 했다. 세계 3대 박물관의 하나인 대영박물관이 소장하고 있는 그리스 유물 중 핵심적인 136점을 엄선해 전시한 것이다.

그리스 문명은 고대라는 시대적 구분이 무색할 만큼 인문학, 과학, 시와 음악, 미술과 건축 등 삶의 모든 영역이 난만하게 꽃을 피웠다.

섹션별로 잘 정리된 실내를 천천히 거닐며 감상했다.

어둑한 전시장. 조명이 미치지 않은 곳에 대리석 조각들이 의젓하게 보인다. 그리스의 신들은 인간과 떨어져 천상에 살지 않았다. 인간들처럼 만찬과 오찬을 즐기며 도시 가까운 올리브 숲에 살았다. 두루 전능하지도 않았을 뿐 아니라 성격적 결함도 인간만큼이나 지닌 존재들이었다.

그리스 신화에는 신과 인간, 동물 이외에 또 다른 초자연적인 존재들이 등장한다. 이들은 모두 전체적이든 부분적이든 인간의 모습을 띠고 있고 위계 질서가 뚜렷하다. 한쪽은 올림포스 산의 불멸의 신들이고 반대쪽은 괴물이거나 인간과 동물이 합쳐진 아웃사이더이다.

입구에서 관람객을 가장 먼저 반기는 〈제우스 청동상〉은 올림포스 산의 여러 신들 위에 군림하는 제우스의 위엄을 당당히 보여준다. 2,000년 전에 제작된 이 유물의 검푸른 몸체에서 풍겨 나오는 신비한 힘은 관객들의 시선을 줄곧 잡아끈다. 오른손에는 지팡이, 왼손에는 번개를 들고 있다. 각각 지배력과 파괴력을 상징한다. 〈헤라의 대리석 두상〉에선 올림포스의 안주인다운 카리스마가 느껴진다. 〈아프로디테의 누드 전신상〉은 우아한 몸의 곡선과 자태만으로도 보는 이를 매혹한다. 그리스 미술에서 여성은 대체로 옷 입은 모습이지만 아프로디테만은 예외다.

'고대 그리스 인'이라 하면 나신의 운동선수가 떠오른다. 그만큼 그리스인은 신, 영웅, 인간의 모습 등을 나신으로 그리기 일쑤였다. 고대 그리스인은 모든 면에서 무척 경쟁적이었다. 운동경기나 음악 경연이 종교 축제에서도 큰 비중을 차지하였다. 최고의 선수들만이 범 그리스 대회에 출전할 수 있었다. 그러므로 이 대회는 선수들과 관중들만의 모임이었다. 이 가운데 가장 큰 대회는 그리스 본토 서쪽 올림피아에서 4년마다 열렸다. 그리스인들은 이 운동경기를 시민을 길러내는 매우 중요한 행사로 생각했다. 신체를 단련하고 건강하게 유지하는 것을 사회적 의무로 여겼다.

그리스 고대 조각의 백미로 꼽히는 〈원반 던지는 사람〉과 만났다. 원형 경기장을 재현한 공간 속에 서 있는 그 역동적인 형상은 압도적이었다. 더할 수도 덜 수도 없는 균형 잡힌 젊고 건장한 남자의 모습은 운동선수라기보다는 오히려 무용수처럼 보였다. 가운데 높이 1.2m 좌대 위에 놓인 근육질 나신裸身은 눈부신 광채를 뿌렸다.

전시된 금제 장신구 중 〈헤라클레스 매듭〉은 그리스 시대 널리 쓰이던 매듭이다. 힘센 헤라클레스가 아니면 끊을 수 없을 만큼 튼튼하다고 하여 붙여진 이름이다.

각종 도기陶器에 그려진 그림들이 눈길을 끈다. 〈암포라(몸통이 불룩하고 양손잡이가 달린 항아리)〉만 훑어도 고대인의 삶과 예술을 엿볼 수가 있다. 달리기, 레슬링, 창던지기, 권투, 승마 등 다양한 운동경기 장면을 비롯하여 벗은 몸으로 단련하는 남성미도 볼 수 있다. 출정出征을 앞둔 전사戰士, 춤을 추는 여성 등. 그리스인들의 일상적인 희로애락이 섬세하고 생동감 있게 묘사돼 있어, 스토리텔링의 진수를 완상하게 한다. 고대 그리스에서는 우승한 운동선수들에게 올리브유를 담은 암포라를 상으로 내렸다. 트로피의 원조인 셈이다.

〈젖가슴 형태의 술잔〉은 유두乳頭모양으로 굽은 손잡이를 잡게 되어 있어 잔을 비우기 전에는 내려놓을 수 없는 희한한 형태이다. 술잔의 앞, 뒷면에는 눈과 코가 큼직하게 그려져 있다.

서기 150~200년경 제작된 〈디오니소스와 포도나무의 대리석상〉은 술의 신 디오니소스가 의인화된 포도나무 어깨에 왼팔을 두르고 있는 모습을 형상화했다.

화려함의 극치를 보여주는 2,400여 년 전 〈금제 귀걸이〉는 둥근 무늬가 새겨진 원판과 역피라미드 형태의 장식 사이에 여인이 매달려 있고 그 양쪽에는 욕망을 일으키는 부적을 가진 에로스를 달아서 화려한 관능미를 동시에 드러내고 있다.

〈공기놀이를 하고 있는 두 소녀의 테라코타상〉은 곱게 차려입은 소녀들이 마주 보고 앉아 공기놀이를 하는 모습이다. 순진무구한 소녀기를 만끽하고 있는 모습이 더없이 아름답다.

　철학자 소크라테스를 형상화한 〈소크라테스 전신상〉은 세계에 하나밖에 없는 작품이다. 소크라테스의 외모는 그의 심오한 정신세계와는 대조를 이뤘던 것으로 유명하고 이 조각 역시 그 점을 그대로 나타내고 있다. 올챙이 배에 들창코, 벗겨진 머리와 살찐 볼이 코믹하기까지 하다.

　그리스 미술은 대체로 신체와 정신의 아름다움을 동시에 추구하는 것이 특징이다. 건강한 신체에 건강한 정신이란 말처럼 그리스인들은 아름다운 신체와 정신을 갖는 것에 일종의 의무감을 가지고 있었다. 전쟁에서도 아름다운 신체로 죽는 것이 영예였다.

　보고 생각하고 다시 보라.

　그리스 유물은 훌륭한 이야기꾼storyteller이다.

2010. 6. 20

이중섭, 백 년의 신화

이중섭 하면 〈황소〉와 〈길 떠나는 가족〉이 생각난다.

올해는 이중섭이 탄생한 지 100년이 되는 해이다. 그의 탄생 100주년을 기념하기 위해 국공립미술관 최초로 열리는 대규모 이중섭 회고전이다. 6월 3일 국립현대미술관 덕수궁 관에서 열렸다. 나의 젊은 날의 추억도 있는 곳이라 발걸음이 가벼웠다. 내가 좋아하는 형님과 함께 관람했다.

좀 더 잘 이해하기 위해 배우 이정재가 녹음한 오디오 가이드를 활용했다. 익숙한 목소리의 배우가 차분하게 그림을 설명해주니 귀에 쏙쏙 들어온다.

이중섭은 1916년 평안남도 평원의 부유한 가문에서 태어나 평양, 정주, 도쿄에서 학업을 쌓았다. 일제 강점기 일본에서 화가 활동을 시작했고 함경남도 원산으로 돌아온 후 해방을 맞았다. 한국 전쟁으로 제주도, 부산 등지에서 피란생활을 했고 전쟁 직후에는 통영, 서울, 대구 등지를 전전하며 열악한 환경 속에서 열정적인 작품을 하다가 거식증으로 인한 영양실조, 간장염 등으로 병원 생활을 했다. 나이 마흔 밖에 안 되는 생애 마지막을 정신질환으로 병원에 다섯 차례나 드나들었고 1956년 9월 6일 적십자 병원에서 무연고자로 생을 마감했다.

편지화

이중섭은 한국전쟁 중이던 1952년 7월경 아내와 두 아들을 일본으로 떠나보내고 홀로 남겨졌다. 이후 그는 여러 지역을 정처 없이 떠돌며 가족에게 수많은 편지를 보냈다. 처음에는 언제든 곧 가족을 만날 수 있다는 생각으로 즐겁고 다정다감한 편지를 썼다. 특히 멀리 떨어져 있는 두 아들을 염려하여 그림을 곁들인 사랑스러운 편지들을 많이 남겼다. 그러나 1955년 중반 이후 점차 절망 속으로 빠져들면서 편지를 거의 쓰지 않았으며 심지어 아내로부터 온 편지를 읽어보지도 않았다고 전해진다.

이중섭이 보낸 편지들 중 지금까지 남아있는 것은 약 60통, 160매에 이른다. 이 편지들은 이중섭의 생애와 작품의 관계를 연구하는 근거자료가 된다는 점에서 기록적 가치를 지닐 뿐 아니라 자유자재의 글씨와 즉흥적인 그림이 어우러져 하나의 예술 작품으로 보기에도 손색이 없다.

이중섭의 〈길 떠나는 가족〉은 이중섭의 일본인 아내 이남덕 여사와 아들 둘이 탄 소달구지를 이끌고 있다. 생이별한 가족과 다시 만나 행복하게 살고 싶은 바람을 경쾌한 움직임과 색채로 표현했다. 이중섭의 절절한 사랑이 느껴진다.

〈가족을 그리는 화가〉, 〈닭과 가족〉, 〈길 떠나는 가족〉, 〈시인 구상의 가족〉, 〈돌아오지 않는 강〉 등이 전시되어 있다.

부산 제주도 피란 시기의 초기작이 전시된 1전시실에 이어 6·25 전쟁 직후 최고 절정기 작품을 남겼던 통영시대, 가족을 그리워하며 수많은 편지를 남긴 서울시대를 지나는 동안 작가의 감정이 고스란히 포개진다.

"빨리 만나고 싶어 죽겠소. 이 세상에 나만큼 아내를 사랑하고 미친 듯이 보고 싶어 하는 사람이 또 있을까요?"라는 연서 앞에서 가족이 얼마나 소중한지 알게 되었다. 가족을 그리워했던 작가의 마음이 애잔하게 가슴을 파고든다. 이중섭 예술의 본질은 '그리움'이다. 잃어버린 사랑에 대한 그리움이기 때문에 더욱 애절하다.

은지화

은지화는 이중섭이 창안한 새로운 기법의 작품이다. 양담배를 싸는 종이에 입혀진 은박을 새기거나 긁고 그 위에 물감을 바른 후 닦아내면 긁힌 부분에만 물감 자국이 남게 된다. 그렇게 해서 깊이 패인 선으로 이루어진 일종의 드로잉이 완성되는데 평면이면서도 층위가 생길 뿐 아니라 반짝이는 표면 효과도 특정적이어서 매우 매력적인 작품이 된다. 이러한 기법은 고려청자의 상감기법이나 철제은입사 기법을 연상시킨다.

제주도 서귀포 시절 행복했던 가족들의 모습을 추억하는 것에서부터 비극적인 사회상황과 자신의 처참한 현실을 암시하는 내용에 이르기까지 매우 다양한 장면들이 예리한 칼로 새겨져 있다.

상당히 오랜 기간 약 300점의 은지화를 제작했다는 증언이 있는데 그중 일부가 전시되어 있다. 종잇값이 없어 담뱃갑의 은지에 그린 은지화는 가난한 예술혼의 상징과도 같다. 가난, 실험 정신, 전통 이 삼박자가 자아낸 은지화는 전에 없던 예술이었기에 이방인 예술 애호가의 눈을 사로잡았다. 그는 손바닥만 한 은빛 세상에 고뇌를 새기고 또 새겼다.

황소

이중섭, 그에게 소는 곧 민족이었다. 소는 역경을 딛고 일어서려는 우리 민족이자 자신이었다. 황혼에 울부짖는 〈황소〉 젊고 힘이 넘치는 검은 눈망울의 〈황소〉 등이 전쟁이 끝날 무렵부터 전쟁 직후에 제작되었다.

이중섭은 아내 야마모토 마사코(한국명 이남덕) 여사와 1945년 결혼해 1952년 생이별을 했다. 살을 맞대고 산 시간은 고작 7년이다. 그러나 그는 7년의 짧은 행복을 무엇보다 강력한 예술의 연료로 삼았다. 가족이 떠나고 1956년 세상을 뜨기까지 4년간 가족을 향한 처절한 그리움을 담아 명작을 토해낸다. 한국인이 가장 좋아하는 '국민 화가' 이중섭의 대규모 회고전을 관람할 수 있어서 매우 뜻깊은 하루였다.

2016. 6. 11

동유럽의 또 다른 추억

✳

친구들과 함께 칠순 여행을 떠났다. 체코, 폴란드, 슬로바키아, 오스트리아, 헝가리 다섯 나라였다. 11시간 비행 끝에 체코 프라하에서 내려 제2의 도시 브르노로 이동하였다. 다음날 우리는 폴란드로 향했다. 체코와 헝가리만큼 개방되어 있지는 않지만 중, 동유럽에서는 가장 큰 나라다. 풍부한 지하자원과 인적 자원을 가진 나라로 우리와는 친밀한 나라가 되었다. 그곳은 쇼팽과 코페르니쿠스, 퀴리부인, 전 교황 요한 바오로 2세 등을 배출한 나라이기도 하다.

아우슈비츠 수용소

첫 방문지가 폴란드 크라코프에서 서쪽으로 61km 떨어진 오슈비엥침 (독어-아우슈비츠) 수용소이다. 그곳에는 2차 세계대전을 일으킨 히틀러의 악명 높은 수용소가 있다. 입구의 철문에는 독일어로 'ARBEIT MACHT FREI(일하면 자유로워진다)'라고 쓰여 있다. 이런 말로 수용소에 잡혀 온 사람들을 안심시켰지만 실은 죽음만을 기다리는 곳이다. 그 유명한 나치의 가스 학살이 이루어진 곳이다.

이곳에는 제2차 세계대전 때 나치수용소에서 순교 당한 성 막시밀리안 꼴

베 신부님이 계시다. 신부님은 아우슈비츠 수용소에서 나치가 유태인을 학살할 때 '자기는 죽을 수 없다'고 절규하는 청년을 대신하여 죽었다. 나치는 한 명의 수인이 수용소를 탈출하면 본보기로 열 명의 수인을 처형시켰다.

아우슈비츠 수용소는 들어갈 때보다 돌아 나오는 발걸음이 더 무거웠다. 나만이 아니라 이 비극의 현장을 돌아보는 모든 이들의 표정은 하나같이 침울하기 짝이 없다. 여행의 들뜬 기분은 사라지고 지옥을 다녀온 느낌이 들었다.

오스트리아의 잘츠캄머굿

짤츠감머굿은 짤츠부르크 남동쪽으로 펼쳐진 호수지대. 2,000m 정도의 높은 산들 사이에 76개의 호수가 어우러진 아름다운 경관으로 오스트리아에서 손꼽히는 관광지다. 빙하가 녹아 만들어진 옥빛 호수를 유람선을 타고 유유히 완상했다.

미라벨 정원

영화 〈사운드 오브 뮤직〉에서 여 주인공 마리아가 어린이들과 함께 '도레미 송'을 부른 무대로 유명하며 이곳에서 바라보는 호엔잘츠부르크 성은 황홀할 정도다.

쉘부른 궁전 산책

오스트리아의 베르사유 궁전이라 불린다. 궁전 내부는 베르사유 궁전만큼 화려하지는 않지만 아기자기하고 다양한 맛이 있어 나름대로 매력적이다.

주로 붉은색과 흰색, 황금색을 사용하여 로코코 양식으로 꾸몄다.

궁전 정원은 경사를 이용하여 갈수록 높아지게 만들었고 그 꼭대기에는 왕가의 상징인 독수리 문장을 달아놓은 글로리에테가 세워져 있다. 정원에는 분수와 조각상이 수없이 많으며 거대한 나무 하나까지도 그냥 두지 않고 인공적으로 깎아 놓았다.

드라마 배경지로 등장했던 할슈타트

1997년 유네스코가 세계문화유산으로 지정한 역사적인 오스트리아에서 빼놓을 수 없는 곳이다. 'hal'은 소금salt이라는 뜻으로 '할슈타트'는 소금도시라는 의미를 가지고 있다.

알프스 산맥의 거친 암반으로 이루어진 산과 깨끗한 호수가 만들어 내는 환상적인 경개가 자연과 인간의 신비로운 조화를 느끼게 했다.

『장미의 이름』의 배경이 된 '멜크 수도원'

유네스코 세계문화유산인 아름다운 바카우 지역에 자리 잡은 수도원이다. 이탈리아의 유명 작가인 옴베르트 에코의 소설 『장미의 이름』의 배경이 바로 이곳이다.

멜크 수도원은 바로크 양식으로 매우 화려하게 꾸며져 있어 유럽 최고로 일컬어진다. 프레스코 기법의 천장화로 표현한 화려한 대리석 홀, 숨 막힐 정도의 웅장한 내부의 예배당, 신기한 모형의 나선형 계단, 10만여 권의 장서와 2천여 권의 필사본들이 보존되어 있는 웅장한 도서관 등, 멜크 수도원 곳곳의 실상은 어느 것 하나 놓칠 것이 없다.

폴란드에서 느낀 요한 바오로 2세 교황님의 존재감은 기대 이상이었다. 도시 이곳저곳에, 심지어 소금광산 아래에도 요한 바오로 2세 교황님의 동상이 우뚝 서 있다. 동상 앞은 기념사진을 촬영하려는 이들로 북적였다. 폴란드 신자들에게는 아직도 요한 바오로 2세 교황님이 살아있는 것 같다.

모차르트의 생가

1756년 1월 27일 음악의 신동 볼프강 아마데우스 모차르트가 태어난 곳이다. 모차르트가 17세 때까지 살던 이곳에서는 그가 어릴 때 쓰던 바이올린, 아버지 레오폴트와 주고받은 편지, 자필 악보, 모차르트 일가의 초상화 등이 전시되어 있다.

이 아름다운 곳을 다녀볼 수 있어 무척 행복했다.

2012. 10. 16

양동 한옥마을 방문기

고운 단풍들이 낙엽으로 바뀌어 가는 만추의 계절 11월. 나는 문우들과 과학과 문화가 함께하는 원자력 안전 체험학습의 일환으로 경주에 있는 양동 한옥 마을을 찾았다.

양동마을은 중요 민속자료 제189호로 설창산雪蒼山을 주봉으로 하여 '물(勿)'자 모양으로 뻗어 내린 세 구릉과 계곡에 자리 잡고 있다. 이 마을은 상류층 양반들이 대대로 살아온 곳으로, 조선 시대 가옥 150여 채가 잘 보존되어 있다.

이 가운데 종가宗家나 큰 기와집은 대체로 높은 곳에 있고 초가집은 평지에 있다. 이 마을은 월성 손孫씨와 여강 이李씨 두 가문이 오백여 년 넘게 함께 살아온 마을이다.

이 마을에서 조선 시대 청백리인 우재遇齋 손중돈孫仲暾과 성리학자 회재晦齋 이언적李彦迪을 비롯하여 많은 인물들이 배출되었다. 이 두 분의 공과 덕이 양동마을의 출발이었고 기반이 되었다.

오백 년이 훌쩍 지났는데도 양동마을은 그대로다. 손씨 가문은 25대손이, 이씨 가문은 28대손이 종택을 지키고 있다. 시간은 분명 흘렀지만 두 가문이 뿜어내는 절제되고 고귀한 향취와 품위는 지나간 시간을 모두 지운 듯하다.

양동마을은 2010년 7월 31일 유네스코 세계문화 유산 한국의 역사 마을에 등재되었다.

서백당書百堂(중요민속자료 제23호)

송첨松簷이라고도 불리는 이 집은 이 마을 입향조인 양민공襄敏公 손소孫昭가 지은 월성 송씨의 종갓집으로 우리나라의 종갓집 가운데 가장 규모와 격식을 갖춘 대가옥이다. 서백당은 하루에 참을 인(忍) 자를 백 번 쓴다는 뜻이며 근래에 와서 굳어진 당호堂號이다.

집터를 잡아 준 풍수가 설창산雪蒼山의 혈맥이 응집된 이 터에서 세 명의 위대한 인물이 태어나리라 예언했다 한다. 손소 공의 둘째 아들로서 명신이자 청백리로 상주尙州 주민들이 생사당生祠堂을 지어 모셨던 경절공 우재 손중돈 선생과 그의 생질이 되는 문원공 회재 이언적 선생이 이곳 외가에서 태어났고, 한 분은 아직 미 탄생이라 한다.

무첨단無忝堂(보물 제411호)

이 집은 조선 중기의 성리학자이며 문신이었던 회재晦齋 이언적李彦迪(1491~1553) 선생의 종가 별채로 세운 건물이다. 이 집은 상류 주택에 속해 있는 사랑채의 연장 건물로 불천위 제사, 손님접대, 휴식, 책 읽기 등 여러 용도로 쓰이던 곳이다.

마을 서북쪽 산등성에 남향하여 있다. 우측에는 사랑채, 안채, 행랑채로 이루어진 'ㅁ' 자형 본채가 있고 그 뒤편 높은 곳에 사당이 있다.

이 건물에는 'ㄱ'형 평면에 온돌방, 대청, 누마루를 두었으며 둥근 기둥과

네모기둥을 함께 쓴 것이 특징이다.

향단香壇(보물 제412호)

이 건물은 조선 시대 회재晦齋 이언적李彦迪(1491~1553)이 경상감사慶尙監司로 있을 때 모친의 병간호를 하도록 중종中宗이 지어 준 집이다.

두 곳에 뜰을 두고 안채, 사랑채, 행랑채를 붙여 '興'자 모양을 이루어 독특한 평면 형태를 구성하였다. 그리고 사가私家로서 건물 전체에 둥근 기둥을 사용하여 상류층 주택의 격식을 갖추었다. 원래 99칸이었다고 전하나 일부는 불타 없어지고 현재 56칸이 보존되고 있다.

이 건물은 마을 전체에서 가장 먼저 눈에 띄는 곳에 있다. 그 모습에서 상류 주택의 일반적 격식에서 조금 벗어난 면도 가지고 있으나, 주생활住生活의 합리화를 도모한 우수한 건물이다.

관가정觀稼亭(보물 제442호)

조선 중종(1506-1544)때 청백리로 이조 판서를 지낸 우재愚齋 손중돈孫仲暾(1463-1529)선생이 1514년 대사간 재직시 나라의 잘못된 인사정책을 바로잡고자 여러 번 올린 상소上疏가 받아들여지지 않자, 낙향落鄕하여 곡식이 자라는 기쁨을 보는 것처럼 자손과 후진을 양성하기 위하여 지은 집이다.

동북 편에는 양민공 손소의 영정을 모신 영당이 있다. 격식을 갖추어 간결하게 지은 이 집은 특이하게 대문이 사랑채와 연결이 되어 있어 조선 중기 남부지방 주택을 연구하는 자료가 되고 있다.

한눈에 들어오는 형산강과 경주를 품어 안는 경관이 일품이다. 마루는 앞면이 트여있는 누마루로 관가정觀稼亭이라는 현판이 걸려 있다. 마을 입구의 높은 지대에 위치한 이 정자는 사랑채의 건축형식이 돋보이며, 안채는 부엌이 안방과 다소 떨어진 우익사 맨 앞쪽에 세로로 길게 자리 잡고 있어 공간 구성이 이채롭다.

　양동마을을 둘러보고 돌아오면서 시간과 여건이 허락한다면 대청이나 누마루에 걸터앉아 선조들이 남긴 책들을 마음껏 읽을 수 있다면 얼마나 좋을까 생각해 보았다.

2012. 11. 18

3부

영화보다 더 영화 같은 가족사

李純子선생 수필집「고운여자」출판기념회
2003. 3. 14 (금)
후원 : 한국수필가협회, 한국문학회, 타래문학, 남사문학, 문학시티

李純子선생 수필집「고운여자」출판기념회
2003. 3. 14 (금)
후원 : 한국수필가협회, 한국문학회, 타래문학, 남사문학, 문학시티

『고운여자』출판 기념회에서

李純子선생 수필집「고운여자」출판기념회

2003. 3. 14 (금)

후원 : 한국수필가협회. 한국문학회. 타래문학. 남사문학. 문학시티

李昇熙 校長선생님

남편의 퇴임식

딸이 영국에서 귀국 후 찍은 사진

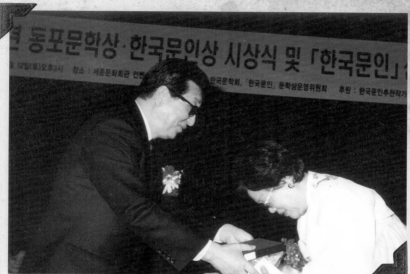

동포 문학상 시상식

청향 문학상 작품상 시상식

1박 2일의 순행巡行

옛 동료들과 함께 양평을 가기로 했다. 터미널에 도착하니 행선지가 바뀌었다. 일행 중 한 분과 친분이 두터운 퇴임하신 교장선생님이 홍천의 자기 농장으로 놀러 오라고 했기 때문이다. 뜻하지 않게 강원도 나들이가 되었다.

홍천 터미널엔 어느새 농장 사장이 차를 대놓고 있었다. 그곳으로 가는 도중 뜻밖에 충의忠義의 강재구 소령이 부하들을 살리기 위해 수류탄을 안고 산화한 역사적인 현장을 지나게 되었다. 자연스럽게 그 일을 되새기며 잠시 숙연해졌다.

그 농장은 '강원도자연환경공원'란 안에 있다. Echo Valley란 표지가 눈에 들어온다. 퇴직하기 10년 전부터 꾸준히 조금씩 가꾸어 왔다 한다. 반송도 수십 그루가 자라고 여러 가지 과실수도 많다. 양어장에는 수십 마리의 잉어가 유유히 헤엄친다. 계곡 옆에는 내리쏟는 폭포가 시원하고 여기저기 쌓인 돌탑이 소원의 상징처럼 정겹다. 대로변에서 정자에 이르기까지 비비치, 나리꽃, 벌개미취 등이 양 길 섶에 도열하여 우리를 반긴다. 이런 것들을 살피면서 그동안 그분이 얼마나 피와 땀을 흘렸을까 상상해 본다.

우리는 상추와 고추를 숨아 돌 구이 돼지고기와 맛있는 점심을 즐겼다. 그

삶, 그 아름다운 추억

산 중턱까지 전기를 끌어들여서 정자의 냉장고에는 밑반찬과 김치가 가득하다. 친지, 친척, 친구 등이 이곳에 와서 주고 간 맛깔스러운 반찬이라고 한다. 우리들이 마련해 간 것은 나중에 오는 팀이 만끽할 것 같다.

사장은 일 년에 반은 이곳에서 머문다고 한다. 부인은 서울살림에 쫓겨 저절로 주말 부부가 된다고 한다. 숲 해설가로 봉사하면서 그림 그리고 농장을 돌보느라 어떻게 세월이 지나는지 모른다고 한다. 퇴직 후 바로 농원에 취업한 셈이라고 깔깔 웃는다. 노년의 삶을 잘 설계하신 것 같다. 성품이 바지런하니까 하지 보통 사람은 엄두도 못 낼 일이다.

양평으로 돌아와 한화 리조트에 짐들을 풀었다. 30도를 웃도는 더위에 농장 체험이 버거웠던지 맥을 쓸 수가 없다. 광천수에 하염없이 몸을 맡겼더니 슬슬 입이 풀렸다.

영 올드에서 미들 올드, 올드 올드까지 화제도 다채롭다. 가장 걱정스러운 것은 죽을 때까지의 선택 문제다. 자식에게 재산을 미리 다 주면 못 얻어먹어서 굶어 죽고, 반쯤 주면 더 달라고 옆구리를 찔러 찔러서 죽고, 움켜주고 있으면 안 준다고 때려서 맞아 죽는 세상이 되었다는 것이다. 어쩌자고 이런 얘기가 회자될까. 우리의 소속은 어딘가. 물질 때문에 무너지는 가족체계를 어찌해야 할 것인가? 웃으면서도 밝은 표정이 아니다.

용문산 관광단지에 들어섰다. 전에 몇 번 와 봤지만 그동안 너무 많이 변했다. 지방자치제 실시 후에 변화를 절실히 실감한다. 특히 양평민속박물관이 눈길을 끈다. 중앙공원, 놀이공원, 야외공연장 등이 잘 배치되어 있다.

'숲속 체험' 표지판이 보인다. 나무 그늘이 좋을 것이라 여기고 들어섰더니 오르락내리락 숨만 가쁘고 허리와 뒷다리가 뻐근해진다. 나에게는 아무래도 무리인 것 같다. 개울가로 진로를 바꾼다. 오솔길도 걷고 계곡의 물소리도 듣고 산책의 일탈을 만끽하려던 심정은 접을 수밖에. 그리고 보니 예전의 길보다는 한결 나아진 것 같은 아쉬움이 솟는다.

천년고찰 용문사의 은행나무가 예나 다름없이 우리를 반긴다. 1,100살에 높이가 67m, 뿌리 부분이 152m이고 아래 줄기에는 혹까지 붙어 있다. 해마다 16가마의 은행을 수확한다니 놀라운 일이다. 1,000년 전 사람들은 다 가고 없는데 은행나무는 참으로 의연하다. 아직도 천 년은 더 살 것 같다. 천연기념물 제30호로 현재 우리나라 은행나무 중에선 가장 크고 우람하다 한다.

사찰을 감도는 계곡에 발을 담근다. 얼얼하다. 일주문에서 은행나무까지 길옆에 물길이 나 있다. 신발을 벗고 수로를 밟으니 상큼하게 피로가 가시었다. 희한한 발마사지다. 찾는 이들마다 탄성을 발한다.

용문사에는 권근이 지은 정지국사 부도와 비 외에는 문화재가 없다. 오직 은행나무가 천 년을 보듬고 묵묵히 서 있을 뿐이다. 은행나무에 얽힌 고사가 아득하다. 신라의 마지막 왕세자인 마의태자가 나라 잃은 슬픔을 안고 금강산으로 가던 도중에 심었다는 설이 있는가 하면 신라의 고승 의상대사가 짚고 다니던 지팡이를 꽂았더니 은행나무로 자랐다는 설도 있다.

이 은행나무는 자라는 동안 많은 전쟁과 화재를 겪었으나 늘 그 화를 면했다고 한다. 사천왕전四天王殿이 불탄 뒤부터는 이 나무를 天王木으로 삼았다고 한다. 나라에 큰일이 있을 때는 소리를 내어 알린 신령한 나무로 숭배의 대상이 되었다 한다. 조선조 세종 때 이 나무는 정삼품正三品보다 더 높은 당상직첩堂上職牒을 하사받은 역사적 명목名木이다.

1박 2일 동안 강원도와 경기도를 넘나들며 자연에 묻힌 순행은 오랫동안 좋은 추억으로 남을 것이다.

2009. 8. 16

가을 문학기행

　　김제로 향하는 발걸음이 가볍다. 손자가 5살 때 김제 너른 평야를 보여 준다고 아들네와 함께 간 적이 있다. 그 아이가 알면 무엇을 그리 알까마는 지 어미 아빠는 자식에게 넓은 들을 보여주고 싶었던 모양이다.

　　김제는 일제 강점기를 다루는 소설의 배경으로 수탈당한 땅과 뿌리 뽑힌 민초들의 민족의 수난과 투쟁을 대변하는 소설『아리랑』의 배경이 된 곳이다. 김제 아리랑문학관에 들어섰다. 이곳은 작가 조정래의 산실이다. 요즈음은 컴퓨터로 원고를 쓰지만 그가 쓴 원고지가 2m가 넘는 높이로 유리관에 들어 있는 모습에 놀라지 않을 수가 없다.

　　소설『아리랑』에서 작가는

　　　　36년간 죽어간 민족의 수가 400만, 2백 자 원고지 1,800매를 쓴다
　　　　해도 내가 쓸 수 있는 글자 수가 고작 300여 만자!
　　　　조국은 영원히 민족의 것이지 무슨 무슨 주의자들의 소유가 아니다.
　　　　그러므로 지난날 식민지 역사 속에서 민족의 독립을 위해 피 흘린 모든
　　　　사람의 공은 공정하게 평가되고 공평하게 대접되어 민족통일이 성취
　　　　해 낸 통일조국 앞에 겸손하게 비춰지는 것으로 족하다.

> 나는 이런 결론을 앞에 두고 소설 『아리랑』을 쓰기 시작했다. 그건
> 감히 민족통일의 역사 위에서 식민지 시대의 민족수난과 투쟁을 직시
> 하고자 하는 의도였다.

라고 말하고 있다.

김제는 『아리랑』이 노동요에 망향가, 애정가 이자 만가 투쟁가로 민족의 노래가 되었던 것처럼 소설 속 징게맹갱(김제 만경)은 강탈당하는 조선의 얼과 몸의 또 다른 이름이자 끝까지 민족독립을 위해 싸워나갔던 무수한 민초들의 삶을 배태한 땅이다. 그의 대하소설 3부작인 『태백산맥』, 『아리랑』, 『한강』은 1980년대 이후 시대를 초월한 고전으로 읽히고 있다.

남원에 있는 최명희의 '혼불문학관'에 들렀다. 혼불의 배경지인 '종가', '노봉서원', '달맞이 동산', '호성암', '노적봉 마애불상', '늦바위 고개', '삼계석문', '거멍굴', '홍성 숲', '고리매미', '매화낙지', '서도역' 등 다 둘러보지 못한 것이 아쉽다.

혼불문학관 옆에는 '청호 저수지'가 있다. 노적봉과 벼슬봉의 산자락 기맥을 가두기 위해 큰 못을 2년여에 걸쳐 만들었다고 한다.

작가가 온 정성으로 쓴 『혼불』이 새암을 이뤄 위로와 해원의 바다가 되기를 바라는 뜻을 담아 문학관 옆 바위를 새암바위라 한다.

최명희 님이 남긴 말이 마음이 남는다.

> 그것은 근원에 대한 그리움이다. 오늘의 나를 있게 한 어머니 아버지
> 그리고 그 윗대로 이어지는 분들은 어디서 어떤 모습으로 살았는가를

캐고 싶었다.

웬일인지 나는 원고를 쓸 때면 손가락으로 바위를 뚫어 글씨를 새기는 것만 같은 생각이 든다. 그것은 얼마나 어리석고도 간절한 일이냐. 날렵한 끌이나 기능 좋은 쇠붙이를 가지지 못한 나는 그저 온 마음을 사무치게 갈아서 손끝에 모으고 생애를 기울여 한 마디 한 마디, 파나가는 것이다.

그리하여 세월이 가고 시대가 바뀌어도 풍화 마모되지 않는 모국어 몇 모금을 그 자리에 고이게 할 수만 있다면, 그리고 만일 그것이 어느 날인가 새암을 이룰 수만 있다면, 새암은 흘러서 냇물이 되고, 냇물은 강물을 이루며, 강물은 또 넘쳐서 바다에 이르기도 하련만, 그 물결이 도는 굽이마다 고을마다 깊이 쓸어안고 함께 울어 흐르는 목숨의 혼불들이, 그 바다에서는 드디어 위로와 해원의 눈물 나는 꽃빛으로 피어나기도 하련마는, 나의 꿈은 그 모국어의 바다에 있다.

어쩌면 장승은 제 온몸을 붓대로 세우고, 생애를 다하여, 땅속으로 땅속으로, 한 모금 새암을 파고 있는 것인지도 모른다. 그리운 마을, 그 먼바다에 이르기까지….

지금 이토록 한 시대와 한 가문과 거기 거멍굴 사람들의 쓰라린 혼불들은 저희끼리 간절하게 타오르고 있으나, 나는 아마도 그 불길이 소진하여 사윌 때까지 추일하게 쓰는 심부름을 해야만 할 것 같다.

그래서 지금도 다 못한 이야기를 뒤쫓느라고 밤이면 잠을 이루지 못한다. 이 일을 위하여 천군만마가 아니어도 좋은, 단 한 사람이라도 오

래오래 내가 하는 일을 지켜보아 주셨으면 좋겠다. 그 눈길이 바로 나
의 울타리인 것을 나도 잊지 않을 것이다.

저자는 이야기 사이사이에 소설의 본 줄거리보다는 더 정성스럽게 풍속
사를 아주 정교하게 묘사하고 있다. 첫 장면인 혼례의식을 비롯해서 연 이
야기며, 청암부인의 장례식 그리고 유지광이나 조광조,『새로 쓰는 백제사』
의 이야기도 돋보인다. 여기에 조왕신의 습속이나 복식에 대한 묘사, 윷점이
야기 등 내방의 섬세한 면면들도 감탄과 찬사를 이끌어 낸다. 만주 봉천땅의
구체적인 지리 묘사라든지, 사천왕의 긴 이야기도 사물에 대한 안목을 새롭
게 해 주는 덕목이다.

하동 평사리에 도착했다. 올라가는 길에 대봉 감나무가 유난히 많았다. 주
먹보다 더 큰 연시를 두 개나 먹었다. 박경리의 대하소설『토지』는 한말 20
세기 전후 10년간의 과정이 평사리라는 한국의 전형적인 농촌 마을을 무대
로 하여 그려진다. 평사리의 전통적인 지주인 최 참판 댁과 그 마을 소작인
들을 중심인물로 하여 이야기가 전개된다. 우리 민족에게 있어『토지』는 민
중의 삶 그 자체다. 일제시대를 배경으로 우리 민족이 겪어야 했던 애환과
한 그리고 그것의 극복 의지를 보여주고 있다.

『토지』의 무대 최 참판 댁에서 조금 더 올라가면 문학관이 있다. 민속놀이
를 즐길 수 있는 공간도 있고, 박경리의 작품 세계, 토지 이야기, 문학작품들
에 대한 것이 있는 조그마한 문학관이다.

돌아오는 길에 쌍계사에 들렀다. 쌍계사는 지리산 남쪽 기슭에 있는 절로

통일신라 성덕왕 23년(723)에 삼법이 지었다. 일주문을 지나면 금강문이 있는데 왼쪽에는 부처님을 늘 모시는 '밀적금강'이 있고 오른쪽에는 '나라연금강'이 있다. 금강문에서 천왕문으로 이어지는 동선이 사찰을 찾는 이로 하여금 숙연하게 만드는 힘이 있다. 대웅전에서는 불기 2558년 윤9월 생전예수재가 봉행되고 있었다.

1박 2일 동안에 참 많이 둘러보았다. 꼭 가고 싶었던 곳이라 고단했지만 흡족한 시간을 가졌다.

2014. 11. 24

영화보다 더 영화 같은 가족사

딸에게서 문자가 왔다. "엄마, 〈국제시장〉 영화를 보실래요?"
사실은 남편과 함께 보고 싶었는데 별로 반응이 없어 누구랑 볼까 고민 중
이었다. 딸은 직장과 가정을 병행하느라 바쁜데 함께 시간을 보내자고 하기
가 미안해서 방학이나 하면 볼까 했었다.

영화 속의 주인공은 대한민국의 현대사를 온몸으로 겪어내고 있었다. 그
런데 주인공보다 더 주인공 같은 삶을 살아온 우리 가족이 있다. 내가 겪었
던 슬픔과 처절함이 스크린에서 그대로 펼쳐지는데 나 자신도 모르게 눈물
이 앞을 가렸다.

우리는 6 · 25 때 아버지는 일본에 사업차 가셔서 소식이 끊기고 28살의
엄마가 8살인 나와 5살, 3살 남동생을 데리고 기차 꼭대기에 짐을 싣고 부산
으로 피난을 갔다. 주먹밥과 꿀꿀이죽으로 연명하며 살았다. 이때 고모는 흥
남 부두 철수 때 3살, 1살 남매를 데리고 메리디스 빅토리호를 타고 거제도
를 거쳐 부산으로 내려왔다. 고모부는 수많은 피난민들 틈에서 떠밀리다 배
를 결국 타지 못했다.

시간이 흐르자 엄마는 국제시장에서 장사를 했다. 부산 부두에 정착 중인
배에서 시레이션(미군 전투식량)을 받아다가 국제시장에 내다 팔았다. 이때

고모는 국제시장에서 엄마를 만났다. 피난민들은 국제시장을 헤매다 보면 가족의 소식을 들을 수가 있었다. 그리하여 엄마는 가장이 없는 일곱 식구를 먹여 살려야 하는 처지가 되었다. 나는 지금도 어디서 그런 힘이 생겼는지 알 수가 없다.

그러면서도 영도에 하꼬방(판자집)을 마련하여 아버지 친구 집 더부살이에서 해방되었다. 피난 온 학생들은 천막 교실에서 가마니 깔고 긴 의자를 책상 삼아 공부를 계속하였다. 학업은 중단되지 않았다. 주판은 산등성이나 나무에 걸어놓고 배웠다.

중학교 1학년 때 정부가 환도하는 바람에 우리도 서울로 올라왔다. 그러나 살림집은 다 불에 타서 서울 피난살이가 다시 시작되었다. 엄마는 동대문 시장에서 다른 사람의 도움으로 좌판에 털실 가게를 차렸는데 이북에서 온 먼 시동생의 보증을 서는 바람에 일터를 잃게 되었다. 그때부터 나는 절대 보증을 서지 않기로 결심했다.

우리는 할 수 없이 외삼촌이 사는 금촌으로 이사를 갔다. 그곳에서 왕십리까지 통학하려면 새벽 5시에 출발을 해야만 했다. 기차 안에서 나는 『입시정해』 책을 7번이나 독파했다. 나는 서울사범병설중학교를 졸업하면 경기여고나 이화여고에 가고 싶었다. 그러나 고등학교에 갈 형편이 안 되어 학비가 싼 사범학교로 진로를 바꿔야만 했다. 그러나 입학금마저도 구하지 못했다. 나중에 그 소식을 들은 아버지 친구분이 등록금을 대주어 맨 마지막에 등록을 했다. 졸업성적이 뛰어나서 서울 1차 발령을 받은 두 명 중 한 명이 되었다. 그래서 교사의 길로 들어섰다.

나의 교사 생활로 살림은 조금씩 나아졌으나 대학생 학비 대기에는 역부족이었다. 큰동생이 서독 광부를 자원했다. 나는 광부가 탄광을 채취한다는 피상적인 얘기만 들었는데 영화를 보니 동생이 탄광 막장에서 그렇게 어려움을 견디어냈다는 것이 가슴 절절히 아파 왔다. 그러나 그 어려움 속에서도 간호사와의 사랑이 결실을 맺어 부부의 연을 맺게 되었다. 근무 연한이 끝나자 동생은 미국으로 진로를 바꿨다. 새 인생을 개척했다. 미국 이민 역시 초기에는 힘이 들었지만 광부 생활보다는 나았다고 했다. 지상에서의 생활이 지하 탄광보다야 훨씬 낫지 않겠냐고 훗날 얘기를 했다.

막냇동생이 대학교 2학년을 마치고 군대에 갔다. 그 당시 베트남은 전쟁 중이었는데 파월 장병으로 자원했다. 사지로 떠나보내는 누나의 마음은 찢어지는 것 같았다. 실질적인 가장역할을 하는 누나에게 부담을 주고 싶지 않다는 것이다. 졸업을 하려면 자신이 등록금을 마련해야 한다며 떠났다. 어머니는 장사 밑천이 없기 때문에 물건을 팔아서 약간의 이윤을 남기고 나머지를 주인에게 갖다 주는 거래였다. 신용이 좋아서 먹고 살기는 했어도 학비를 대는 것은 여의치 않았다.

어머니는 돌아가시고 6 · 25 때 25살이던 고모가 올해 90이다. 고종사촌은 이산가족 찾기를 할 때 여의도에서 피켓을 들고 아버지를 찾았으나 영영 찾지 못해서 지금도 아버지를 그리워하며 살고 있다. 아버지의 얼굴은 사실 고모에게서 들어서 알고 사진으로만 보고 알지 생각나지는 않는다고 한다.

큰동생은 미국에서 사업을 하며 딸들을 약사, 판사로 잘 키웠다. 막냇동생도 대기업에 다니다가 지금은 자기사업을 하며 딸은 바이올리스트로 활동

중이고 올케는 대학교수로 성공적인 삶을 살고 있다.

나 역시 주경야독으로 대학원까지 나와 중등교사로 명예퇴직하고 좋은 남편 만나 아들 딸 손자 손녀들 잘 키우고 노년을 보내고 있으니 이만하면 질곡 같은 삶을 잘 견디어 온 것 같다.

그러나 한마디, 어린 시절의 고생은 사람을 성숙시키는데 큰 몫을 한다는 말을 하고 싶다. 부모세대가 너무 고생을 해서 후손들에게는 물려주지 않으려고 너무 물질적인 풍요만을 강조한 것이 '갑과 을'의 문화를 파생하지 않았나 하는 생각이 든다.

영화에서 "당신 인생인데 왜 당신은 없느냐?"는 타박을 듣고 "힘든 세상 풍파를 우리 자식들이 아니라 우리가 겪어서 참 다행이다."라고 말하는데 나도 같은 생각이다.

딸이 말하기를 엄마가 고생담을 즐겨 이야기하는 편이 아니라서, 〈국제시장〉이 단편적으로 들었던 친정 역사가 드라마로 눈앞에서 펼쳐지는 느낌이 든다고 하였다.

2014. 12. 21

묵은지 같은 친구

❀

　　1960년 우리는 각자의 삶에서 더 큰 꿈을 갖고 주경야독의 삶을 살았다. 출판사에서, 청와대에서 그리고 무역회사에서 근무한 친구들, 그리고 교직에 몸담고 있던 나, 우리는 청운의 꿈을 안고 대학에서 만났다.

　이렇게 만난 지 55년이 흘렀다. 이십 대에 만나서 칠십 대를 넘겼으니 동창이라기보다는 자매 이상의 끈끈한 정이 흐른다. 그동안 서로의 삶을 꿰뚫고 있으니 아니 그럴까. 그중에서도 특별히 그들의 연애 스토리는 나를 옛 추억 속에 잠기게 했다.

　S대 대학원생과 사귄 친구는 그를 대학교수가 되도록 뒷바라지를 하여 그가 다니는 교정에서 결혼식을 하였다. 제일 먼저 결혼을 한 그 친구를 우리는 얼마나 부러워했는지 모른다. 또 한 친구는 초등학교 동창인 의대생과 사귀면서 우리를 부럽게 하더니만 드디어 의사 부인이 되었다. K는 공대를 졸업한 사람과 결혼하여 남편 따라 전국 방방곡곡을 돌아다녔는데 나중엔 사장 사모님의 위치에 오르게 되었다. 나는 교직에 있으면서 같은 길을 가는 남편을 만나 교장의 아내가 되었다. 우리들은 어렵게 공부했지만 뜻이 분명하였기에 열심히 살아서 노후에 편안한 삶을 사노라고 가끔 얘기한다.

　요즈음 화가로 활동하는 친구는 전시회도 열고 우리들의 영정사진 대신 그림을 그려주겠다고 한다. 의사 남편을 둔 친구는 의학상식을 일깨워 주어서 아는 게 많아 병이 될 정도다. K는 아이들을 늦게 낳아서 우리에게 나이를 잊게 하여 늘 즐거운 삶을 살게 해 준다. 나는 수필가로 등단하여 문인으로 활동하면서 가끔은 그들을 소재로 글을 쓰기도 한다.

앞으로 100세 시대라 우리에게 주어진 시간을 어떻게 보낼까 걱정하다가도 오늘은 어제 살았던 사람들이 그렇게 원하던 시간이었음을 알고 감사하며 살자고 다짐한다.

어느 날 문득 마주 보는 친구들의 얼굴에서 나를 발견하고 또 다른 세월을 느낀다. 대견하고 자랑스럽다. 잘 살았구나! 너희들이 있어 내 삶이 더 값졌고 꿋꿋하게 걸을 수 있었다. 50년 이상을 함께 한 친구여, 고마워!

서로 시샘도 하지 않고 격려하며 푹 곰삭아서 깊은 맛이 나는 묵은지처럼 어우러져 눈빛만 봐도 마음속을 읽을 수 있는 그런 친구로 남자며 오늘도 손을 흔들며 헤어진다.

2015. 6. 15

삶의 마무리

　"언니, 송 서방이 많이 아파." 울먹이며 막내 시누이가 전화했다. 가슴이 철렁하여 남편과 함께 방문을 했다. 안방 침대에 누워 있는 송 서방이 예전의 모습이 아니다. 항상 깔끔하고 예리하던 모습은 온데간데없고 말하는 것조차 힘들어 보였다.

"오빠, 병원에서 3개월 내지 6개월 밖에 안 남았데."

"그런 사람을 병원에 입원시키지도 않고 집에 있게 하면 어떻게 하니?"

"백혈구 수치가 평소 사람의 평균치 보다 훨씬 낮아서 수술할 수가 없대."

　사람이 살다 이럴 수가 있단 말인가. 그는 70대 중반이다. 언제나 건강하고 운동도 열심히 하기에 전혀 그런 생각은 하지 않았다.

　2개월 전에 탈장 수술을 하고 며칠 후부터 식사를 전혀 못하더니 살이 빠지기 시작하였다. 병원에서는 정 아프면 병원에 와서 진통제나 맞고 집에서 쉬는 것이 낫다고 하였다.

　담당 의사가 최선을 다해도 도와줄 수가 없다 하니 "선생님, 제가 받아들이겠습니다. 퇴원하여 집에서 삶을 정리하겠습니다." 말하였단다. 아들에게 노트를 사오라고 하더니 조목조목 할 일을 정리하면서 우리를 부른 것이다. 남편은 일 년은 거뜬히 버틸 것이라고 하였다.

우리가 수요일에 방문을 했는데 그다음 주 화요일 새벽 3시에 운명하였다. 목욕을 하지 않았으면 좀 더 살지 않았을까 하는 생각이 든다. 보통 사람들이 마지막에는 폐렴으로 죽는다는 얘기를 들었지만 그것이 이렇게 맞을 줄은 몰랐다.

그는 죽기 전에 장례식장까지 정해 놓았다. 치료는 대학병원에서 최고의 권위자에게 받고, 자신이 죽으면 장례는 신촌 세브란스병원이나 서울 성모병원에서 치르라고 부탁하였다. 이렇게 주도면밀하게 사후 처리까지 부탁한 사람은 듣지도 보지도 못하였다. 보통 사람들은 조금이라도 생명을 연장하려 울고 불며 야단일 텐데 이처럼 깨끗이 생을 마무리 짓는 아이들의 고모부가 좀 차다는 느낌이 들었다.

그는 신문사 기자로서 예리하게 사물을 판단하고 좀 날카롭다는 얘기를 주위에서 들었다. 그런 삶이 그를 이처럼 냉정하게 만들지 않았나 하는 생각이 들었다. 나에게도 부탁을 했다. 아직까지는 자신이 종교가 없었는데 남아있는 아내를 생각하니 가톨릭을 받아들이고 싶다고 하였다. 죽기 전에 대세를 받아야하는데 그것을 받지 못하고 서둘러 저세상으로 갔다. 성당에 연미사를 넣고 남아있는 고모와 아들 둘을 위해 영세 받도록 고모가 사는 지역의 구역 식구들에게 부탁을 했다.

사람이 어떻게 하면 시한부 인생을 이렇게 깔끔이 마무리 할 수 있을까. 사람은 생긴 모습 그대로 간다더니 그는 성격 그대로 아내에게도 아들에게도 추한 모습보이지 않고, 자기로 인해 고통을 받지 않게 하고 가겠다는 평소의 약속을 지키고 떠났다.

우리나라 장례문화에는 자연장(수목형, 화초형, 잔디형), 화장, 매장 등 다양한 방법이 있는데 화장을 하였다. 서울 원지동 추모공원으로 향했다. 추모공원은 화장장이 혐오시설이란 느낌이 전혀 들지 않았다. 꽃동산 같았다. 엄숙, 경건함이 있고 편안함이 있었다. 화장은 입장부터 퇴장까지 동선이 겹치지 않고 같은 방향으로 진행되고, 모든 절차와 수시로 발생하는 정보는 음향과 영상시스템을 통해 유족에게 알려 주었다. 화장이 진행되는 동안은 유족 전용 대기실에서 기다릴 수 있었다. 식당 카페테리아 같은 편의시설과 야외 공원이 있고 문화 공간인 갤러리에서 예술품을 감상할 수가 있었다. 완전히 나의 예상을 뛰어넘었다.

우리 가족 중에는 최초로 납골당에 모셨다. '분당추모공원 休'. 매장 문화에 익숙한 나는 그것을 받아들이기에는 좀 시간이 걸릴 듯하다. 성묘 가서 음식을 차려놓을 상석도 없고, 식구들이 앉아서 추모할 공간도 없으며, 꽃도 사들고 갈 필요가 없어 왠지 낯설었다. 우리 부모님은 매장했지만 나 역시 절두산 성지 납골당에 들어갈 텐데…. 이것은 국토 전체가 묘지화 되는 것을 막기 위한 문화가 아닐까.

누가 이처럼 생을 깔끔히 마감할 수 있을까? 나는 어떻게 나의 삶을 마무리 할까? 아들딸이 성가정을 이루기 바라며 하느님께 "내 영혼을 당신 손에 맡기나이다." 하며 묵주를 손에 들고 가기를 희망한다.

고모부, 천상 낙원에서 영원한 안식을 취하소서. 아멘.

2015. 5. 3

인생의 동반자

❄

우리는 삼십여 년을 함께 가는 사람들이다. 1980년대 같은 학교에 근무한 인연으로 매달 한 번씩 만나 우의를 다지고 있다. 내가 그 학교에 근무할 때는 40대 초반의 젊음이 끓는 교사였다.

지금은 12명이 모두 퇴직하여 편안한 노후를 보내고 있다. 남녀 비율도 똑같이 반반이다. 그 당시 학교를 떠받들어 주는 중추적인 역할을 했던 사람들이다. 그러나 세월은 비켜가지 못하고 있다. 80대 노 교장님은 말씀도 어눌하시고 걸음걸이도 둔하지만 이 모임에 애착을 갖고 있어 사모님이 꼭 모시고 나오신다.

퇴직자들이 천안이나 춘천까지 나들이를 많이 간다는데 우리는 오늘에서야 떠나게 되었다. 오늘의 목적지는 청평사다. 현충일에 샌드위치 휴일이 겹쳐서 사람들이 무척 많았다. 가족동반에 참관수업을 하러 가는 어린이까지 사람들로 기차 안이 부쩍 붐볐다. 다행이 자리를 잡아 춘천까지 얘기하며 갈 수 있었다. 매달 만나지만 웬 이야기가 그리 많은지 한 시간이 훌쩍 지났다.

춘천 하면 닭갈비, 막국수가 떠오른다. 잘하는 집으로 안내를 받아 봉고차로 이동하였다. 서울에서도 많이 먹지만 제 고장에서 먹으니 별미였다.

식사 후 소양댐을 둘러보았는데 비가 오지 않아 강수량이 많지 않았다. 선착장으로 가서 배를 타고 청평사로 향했다. 호수 위로 배를 타고 가니 짧은 시간이지만 낭만에 젖었다. 다른 모임에서 춘천을 다녀갔지만 소양강의 처녀상만 보고 돌아갔었다. 선착장에서 그늘진 곳까지 한참을 걸었다. 그늘막이 있는 곳에서 팥빙수를 먹으며 더위를 식혔다. 다리를 건너자 청평사의 운치가 눈에 들어왔다.

청평사는 서기 973년에 세워졌으며 고려시대 선원이 상세하게 남아 있는 사적지로 한국 전통 연못의 원형을 간직한 조경유적이라는 평가를 받고 있다. 청평사로 올라가는 우측에 있는 조각상이 눈길을 끌었다. 또한 연못인 '영지'를 비롯해 주변에 계곡과 폭포가 있어 경관이 참으로 좋았다.

청평사에는 당나라 공주와 관련된 설화가 전해지고 있다. 중국 당나라 태종의 딸 평강공주를 사랑한 청년이 있었다. 태종이 청년을 죽이자 청년은 상사뱀으로 환생하여 공주의 몸에 붙어서 살았다. 당나라 궁궐에서는 상사뱀을 떼어 내려고 여러 치료 방법을 찾아보았지만 효험이 없었다. 공주는 궁궐을 나와서 방황을 하다가 한국의 청평사에 이르게 되었다. 굴에서 하룻밤을 자고 탕에서 몸을 깨끗이 씻은 공주는 스님의 옷인 가사를 만들어 올렸다. 그 공덕으로 상사뱀은 공주와 인연을 끊고 해탈하였다. 이에 공주는 당나라의 황제에게 이 사실을 알려서 청평사를 고쳐 짓고 탑을 건립하였다고 한다. 이 때 세운 탑을 공주 탑이라고 하고 공주가 하룻밤을 보낸 곳을 공주 굴, 목욕한 곳을 공주 탕이라고 하며 상사뱀이 윤회를 벗어난 곳을 회전문이라고 부르게 되었다.

청평사의 회전문은 조선 명종 때에 세워진 목조건물이다. 회전문은 청평사의 사천왕문에 해당되는 대표적 건축물로써 정면 3칸 측면 1칸 규모다.

청평사의 유적은 불교만이 아니라 도교적 전통인 신선 문화를 살펴봐야 함도 느꼈다. 또한 대웅전에서 나선생의 삼배 모습을 보고 놀랐다. 얼마 전에 잃은 아들의 영생 복락을 위한 어미의 간절한 소망이 담긴 자세에 내 자신이 숙연해졌다.

이렇게 우리는 여러 곳을 다니면서 역사공부도 하고 자연 경관에 대해 글도 쓰고 사진도 찍으며 각자의 길을 가고 있다. 서로 전공은 다르지만 교직자란 공동체로 한 길을 가고 있다. 여러 색깔의 사람이 한 마음으로 모임을 이어가니 인생의 동반자가 아닐까.

2013. 6. 27

내 반지의 여정

✾

스물다섯 살의 어린 신부는 가슴이 뛰었다. 결혼 예물의 크기나 종류, 모양 등이 큰 문제가 되지 않았다. 다만 함께 기억할 수 있으면서도 다이아몬드를 받고 싶은 마음은 포기가 안 됐다. 그래서 받은 선물이 다이아몬드 2부 반지였다. 그때 시누이는 작은 다이아몬드 반지보다는 큰 알반지가 더 좋지 않으냐고 말했으나 나는 그것을 선택했다. 그리고 결혼반지는 오랫동안 내 손에서 사랑을 받았다.

시부모님 모시고 아이들 키우고 가정과 학교생활을 병행하느라 손마디가 굵어졌다. 15년이 지난 후 막내 시누이가 장남이 아니면서 부모님 모시는 올케언니가 너무 고맙다며 크리스마스 선물로 산호 반지를 선물했다. 빨간색의 반지를 볼 때마다 그녀의 마음이 전해져서 그 반지를 오랫동안 손에 끼었다.

딸의 결혼식을 앞두고 내 손에는 하얀 진주가 끼워졌다. 그동안 나는 반지와는 거리가 멀게 바삐 살았다. 하지만 딸이 받은 예물을 보며 반지의 종류에 대해서 처음으로 눈을 뜨게 되었다. 그리고 스스로 내게 반지를 선물했다.

몇 년이 흐른 후 아들이 결혼을 했다. 어려운 시대를 살아온 나와는 달리 생활의 안정을 찾자 마음껏 예물을 해주고 싶었다. 며느리도 만족했다. 그러면서 나도 비취반지 하나를 장만했다. 나는 살면서 매사에 의미 부여를 잘하는 편이다. 이 반지들을 보면서 딸과 아들을 결혼시키면서 행복했던 시간을 기억했다.

5년이 지난 후 같이 근무하던 선생님들과 그리스 터키를 갔다. 이젠 하늘색 터키석 반지가 내 눈에 들어왔다. 기념으로 하나 장만했다.

어설프게나마 다이아몬드 2부로 시작한 내 반지의 역사는 인생의 여울목을 지날 때마다 모습을 바꿔 내 왼손 약지에 빛깔을 선물했다. 하지만 세월이 흐르면서 반지에 대한 애착이 시들해졌다. 내 손에는 묵주 반지가 제일 편했다.

하루는 보석함을 며느리에게 보여주었다. 네가 갖고 싶은 것이 있으면 가지라고. 한번 살펴보더니 다른 것은 욕심이 없고 터키석 반지가 갖고 싶다고 한다. 기쁜 마음으로 내주었다. 딸에게도 보여주었으나 반지에는 별 관심이 없는 듯했다.

어머니 칠순 때 미국을 방문했다. 남동생이 어머니에게 큰 다이아몬드 반지를 선물했다. 평생 고생하신 어머니에 대한 사랑의 보답이라고 했다. 너무 고마웠다. 잔치가 끝나고 집에 오자 어머니는 "이 반지 내가 죽거든 너 주마. 딸이 하나이니 이것은 네 것이다."라고 말했다. 하지만 어머니가 돌아가시자 그것은 올케 몫이 되었다. 서운한 마음은 잠시, 선물을 해 준 사람에게 돌아가야 한다고 생각했다.

그런데…. 올해 나는 고희를 맞았다. 외출하고 돌아오니 남편이 신문을 보여준다. 신문에 웨딩박람회 안내문 광고가 실렸다. 그곳에 전화를 걸어 반지가 얼마인지 물어 본 모양이다. 사실 나는 결혼 30주년에는 조금 큰 다이아몬드 반지가 무척 갖고 싶었다. 몇 차례 얘기를 했으나 그의 대답은 상상 외였다. 평생 월급을 다 갖다 주었으니 반지 몇 십 개는 사준 게 아니냐는 거였다. 실속 없다고 투덜거리기도 했다. 어쩌랴. 줄 사람이 맘에 없는 것을. 그 후로는 반지에 대한 미련을 버렸다.

그리고 15년이 흐른 지금 남편이 반지를 사 주겠다고 하니 오히려 내가 머쓱해졌다. 남편의 평소 때 모습과는 다른 일면을 보았다. 그래서 나는 이런 제안을 했다. "당신이 정 사주고 싶으면 그 돈 나를 주세요. 내가 알아서 이것저것 살게요." 그랬더니 그것은 의미가 없어서 안 된다고 잘라 말한다. 반드시 반지를 사주고 싶단다.

그리하여 결혼 45주년 만에 그럴듯한 다이아몬드 반지를 갖게 되었다. 나는 반지 그 자체보다도 그의 속마음이 너무 고마웠다. 그가 곁에 없어도 정표로서 고이 간직하리라.

또한 나의 마음속에 양면성이 있다는 것을 알았다. 묵주 반지가 나의 수호신인 양 끼고 다니면서도 내면에는 다이아몬드 반지에 대한 애착이 있었다는데 적이 놀랐다. 아직도 나는 여자이기를 포기하지 못하고 있는 모양이다.

이제 내 반지의 여정은 끝난 거 같다.

2012. 3. 1

손주들의 편지

❀

　　편지는 언제나 내 마음을 설레게 한다. 무슨 내용이 적혀있을까. 그들의 마음을 알고 싶어 안달을 한다. 오늘도 예외는 아니다.

　　칠순을 맞아 식구들이 한자리에 모였다. 손자 손녀들의 색색의 편지 봉투가 나를 들뜨게 한다. 선물과 함께 그들의 편지가 전해졌다.

　　할머니께

　　할머니, 생신 축하드려요. 특히 올해는 특별한 날이어서 의미가 더 깊네요.

　　항상 할머니는 제게 멋있는 분이었어요. 교직 생활하시고, 은퇴 후에도 할머니만의 멋있는 제2의 삶을 사시는 모습을 보면서 저도 할머니 같은 삶을 살아야겠다는 생각을 항상 해요.

　　젊으셨던 시절에 잠 줄이시면서 피아노 배우시고, 대학원 다니셨다는 할머니 이야기 들으면서 제가 너무 나태하게 사는 것이 아닌가 항상 고민한답니다.

　　할머니, 앞으로도 항상 제게 멋있는 모습 많이 보여주세요. 제 친구들과 얘기하다 보면 할머니 얘기 나올 때 제일 자랑스러워요. 그 어떤 분보다도 제 할머니가 열정적이고 멋있는 분이니까요.

할머니, 저도 그만큼 열심히 해서 할머니 못지않은 손녀가 될게요. 이제 18살, 저는 아직 할머니께 보여드리고, 자랑하고, 칭찬받고 싶은 일이 많아요. 항상 제 곁에 있어 주세요.

할머니, 항상 사랑해요.

2012. 07. 15
멋있는 할머니의 멋있는 손녀, 채영 올림

할머니께

할머니, 벌써 할머니의 생신이 70번째가 되었어요. 아직도 할머니의 연세가 일흔 살이라는 것이 믿기지가 않네요. 아직도 젊어 보여요. 할머니는 언제나 긍정적이고 밝으셔서 보는 사람마다 즐겁게 해주세요. 그리고 저희 가족 모두 할머니를 본받아야겠다고 생각하고 있어요.

할머니, 정말 할머니께서 그렇게 행복하고 웃음을 가지고 지내셔서 우리 가족 모두가 이렇게 아무 탈 없이 잘 지낼 수 있었던 같아요. 저도 할머니같이 고운 심성 가지려고 노력할게요. 이번 생신 파티 때 할머니를 너무 오랜만에 뵙는 것 같아 죄송해요. 며칠 있으면 방학이니까 일주일에 한 번씩은 찾아뵐 수 있을 거예요.

할머니, 매번 용돈 만 받아가는 이 못난 손녀를 이 편지를 통해 용서

해 주세요. 아무튼 앞으로는 자주 찾아뵐 것을 약속드리며 생신 축하드
려요.

2012. 07. 15
할머니의 작은 손녀 박서영 올림

할머니께

드디어 일흔 번째 생신이어요. 그동안 이런저런 일도 많았지만 무사
무탈하게 일흔 번째 생신잔치를 하게 되어서 너무나 기뻐요.

할머니, 옛날에는 일흔 살까지 사는 것이 무지하게 오래산 것이었는
지 공자 왈 '나이 일흔에 마음이 하고자 하는 대로 하여도 법도를 넘어
서거나 어긋나지 않았다.'라고 했다고 해요. 지금은 100세를 바라보고
살지만, 그때는 70세도 많이 산 것이라 당나라 시인 두보는 자기가 지
은 시 곡상 시 중에 '사람이 70세까지 사는 것은 예부터 드물었다.'고
했다고 해요.

할머니도 일흔 번째 생신이세요. 이제 할머니도 마음 내키시는 대로
하셔도 법도에 어긋나지 않으실 것이니 오래오래 마음 내키시는 대로
저와 함께 행복하게 지내요.

다시 한 번 생신 축하드려요.

2012. 7. 15
준석 올림

채영이는 글씨체도 어른스럽고 생각도 트였다. 서영이는 자주 찾아뵙지 못한 것에 너무 죄책감이 드는가 보다. 준석이는 편지 쓸 때마다 책의 문구를 인용하는 아이다. 각양각색의 글을 접하면서 아이들의 성격을 알 수 있다. 때마다 글로 마음을 전해주는 손자 손녀들에게 고마움을 전한다.

2012. 7. 15

멀리 떠난 청양 아씨

✿

임 여사님!

오늘 뜻밖에 소식을 접하고 머리가 텅 빈 것 같습니다. 어떻게 그런 변고를 당하셨는지요. 바람이 불면 머플러를 머리에 감싸고 어깨에는 긴 백을 둘러메고 다니시던 모습이 아직도 눈에 선합니다.

"이 선상, 인생이 뭐 별거람. 오늘 하루 즐겁게 살면 되지. 열심히 글 쓰고 예쁜 옷 보면 사 입고 살아, 이잉." 이렇게 충청도 사투리와 함께 늘 제 곁에 계실 것 같았는데 이제는 다시 볼 수 없다는 것이 서글픕니다. 건강도 열심히 챙기시고 부지런히 운동도 하시더니….

임 여사님, 우리가 처음 만난 것이 19년 전 반포 문화센터였지요. 그때 저는 저런 어른이 매주 수필 한 편 씩 써오시는데 나도 열심히 써야지 하고 속으로 무척 부러워 하였습니다. 그럴 때면 "이 늙은이가 할게 뭐람, 글이나 쓰지." 하시면서 우리들을 무색케 했습니다.

충청도 청양 양반집 따님이셨던 임 여사님. 회원 중에 제일 연장자이지만 제일 열심인 학생이었지요. 특별히 저보고는 띠 동갑이라 하면서 특별한 정을 주셨는데…. 여사님과 함께 한 19년이 눈을 감으면 파노라마같이 흘러갑니다. 기차 타고 떠났던 와인 여행, 봉고차 타고 놀러 간 개심사, 보리밥 먹으러 백운호수로도 놀러가고, 영양보충이 그리워지면 오리고기 먹으러 놀부 보쌈집도 갔지요. 연말이면 풍성하게 떡을 준비해서 회원들을 즐겁게 해주시던 일이 이제는 추억 속으로 사라졌습니다.

여사님은 식성이 까다로워 점심 식사 때마다 어려움이 있었지만 그것까지도 좋은 추억으로 만드네요. 특별히 양배추 삶아서 먹는 것이 소화에 좋다며 적극 권하시던 기억도 이젠 그립습니다.

공부하러 오실 때면 당신 작품 말고도 신문에서 색다른 것을 오려 "이 선상, 이것 한 번 읽어 봐." 그러면 저는 집에서 다 읽은 것이지만 천천히 읽곤 했지요.

'삶'이란 단어를 읽을 때면 '살으믈'이라 발음하시어 우리를 웃게 하시고 또한 자신의 삶도 열심히 살아내셨지요. 노래는 또 얼마나 열심히 부르시는지. 노래교실에서 배운 실력을 다 발휘했고. 그 연세에 그렇게 열심히 노년을 보내시는 분을 본 적이 없습니다. 노래를 좋아하는 사람 중에는 악인이 없다는 말이 맞습니다. 노래는 여사님의 유일한 친구이기도 했습니다. 노년의 삶을 윤택하게 하기 위해서 본인이 열심히 노력하셨었습니다.

공부 시간에 지루하시면 조그만 거울을 살짝 살짝 들여다보시던 모습이 눈에 선합니다. 그런데 이런 갑작스러운 소식이라니요. 님의 모습이 오래도록 가슴에서 지워지지 않을 것 같습니다.

청양 아씨. 임 여사님.

수필집으로 『먼 곳에서 날아 온 엽서』, 『꽃반지 낀 자리』, 『나의 아버지』, 『노랑 저고리』, 『서초 일기』, 『외길』, 소설집으로 『청양 아씨』, 『꽃내 사람들』,

등 81세가 되실 때까지 줄곧 책을 출판했습니다. 또한 『아침 장미』, 『타래』, 『한국수필작가회』, 『8인의 문학 향기』 등 동인지에도 꾸준히 작품을 실었습니다. 당신은 삶의 연륜을 바탕으로 당신의 문학을 구축하셨습니다. 세대 간의 어쩔 수 없이 만들어지는 공백도 그의 눈에는 관심의 대상이 되었고 그의 고독과 아픔도 문학을 통해 우리에게 전달되었습니다.

임 여사님, 그곳 하늘나라에서는 어떤 글을 쓰실까요. 계속 우리들을 보면서 무슨 말씀을 하실까요.

부디 이 세상에서 못 다한 꿈 접으시고 평안하시기 빕니다.

2015. 9. 8

세대 간의 이동

아들 며느리가 산소에 다녀왔다. 전에는 성묘 갈 때면 우리 내외와 아들 며느리 손자 이렇게 다섯 식구가 가던 길을 이번에는 아들과 며느리 둘이서만 다녀왔다. 남편은 작년부터 다리에 힘이 없어서 차에서 묘지까지 오르기 불편하여 못가고 나는 무릎 인공관절 수술을 받아서 산에 오르기가 무리라서 가지 못했다. 손자 역시 고3이라 시간 내기가 어려웠다.

나는 고향이 이북이라서 결혼 전에는 성묘를 갈 수 없어서 성묘 가는 사람이 무척 부러웠다. 우리 아버님 어머님이 계신 곳은 천주교 용인공원 묘원인데 그곳에는 성직자 묘역도 있어서 나는 그날을 고대하며 음식 장만도 하고 가족 나들이도 겸해서 다녀오면 마음이 그렇게 편하고 좋을 수가 없었다.

어머님이 돌아가신 지 20년이 되고 아버님은 18년이 되니 묘지 관리소에서 이장 하라는 통보를 받았다. 매장을 할 때 20년이 되면 이장을 하도록 되었단다. 아버님은 2년 동안 사용료를 더 내고 2018년에는 두 분 모두 개장을 하라고 한다. 화장을 하면 납골 봉안 벽에 봉안을 해준단다. 상석과 묘비가 없어질 생각을 하니 마음이 무겁다. 내 마음 같아서는 생전에는 그대로 성묘를 가고 싶은데 절차가 그렇다니 따를 수밖에.

이장 처리 순서를 보니 수속이 복잡하다. 이것 역시 아들에게 일임해야 되니 우리 시대는 간 것 같다. 아직까지는 모든 것 우리가 할 수 있을 것 같았는데 마음뿐 이제는 손을 놓아야 할 것 같다. 또한 우리 역시 절두산 성지에 있는 납골당에 묻힐 텐데 아들에게 양쪽으로 다니도록 할 수야 없지 않은가. 무거운 짐을 넘기고 싶지 않다. 요즈음 세태에 할아버지 산소와 아버지 산소가 달라서 두 군데 다니는 것은 무리라는 생각이 든다. 옛날 같이 선산이 있어서 한 번 성묘가면 할아버지 아버지 다 볼 수 있는 것도 아니니까.

어찌 세대 간의 이동이 이뿐이랴. 삶의 중심에서 아웃사이더로 밀려나는 느낌이 든다. 손자를 중심으로 할아버지, 아버지, 아들 삼 세대가 지금은 공존하지만 생활의 중심이 이동하기 시작했다. 활발하게 사회 활동하는 아들이 주축을 이룬다. 아들이 오늘처럼 믿음직스러울 때가 또 있었는가?

아들이 결혼하여 한 가정의 가장으로 살아가지만 항상 우리가 버팀목이 되어 주어야만 되는 줄 알았다. 사회적으로 인정받고 제 몫을 하지만 왠지 나는 우리가 보호해줘야만 하는 줄 알고 살아왔는데 그것은 착각이었다. 이제는 우리가 마음을 놓아도 될 것 같다. 처음 느끼는 감정이다.

오늘은 우리 삼 남매가 한자리에 모였다. 부모님 돌아가시고 큰 남동생이 미국에서 여행차 한국에 왔다. 옛이야기를 하다 보니 선대 할아버지의 화려한 경력이 후손에게 미친 영향까지 줄줄이 이어졌다. 이북이 고향인 그분들의 주요 무대는 6·25동란으로 세월의 뒤안길로 사라졌다. 전쟁이 일어나지 않았다면 어떤 생활이 이어졌을까. 그 자리에는 아들과 딸이 함께하여 그간의 가정사를 들을 수 있었다. 돌아오는 차 안에서 동생들과 나의 세대는 사라지고 40대 후반의 그들이 화제의 무대로 등장하는 것을 느낄 수 있었다.

삶, 그 아름다운 추억

항상 내가 내 삶의 중추 역할을 할 줄 알았는데 이제는 자식세대로 이동하고 있음을 깨달았다. 서글픈 생각이 들었으나 그대로 인정하고 받아들여야 하지 않을까?

2016. 4. 26

시월의 마지막 밤

해마다 10월이면 '호반의 왈츠'가 생각난다. 10년 전 우리 부부 결혼기념일인 시월의 마지막 날. 딸이 단풍이 곱게 물든 청평 통나무집으로 우리를 초대했었다. 북한강을 따라 아들 가족, 딸 가족과 함께 달려간 그곳에 가을빛을 곱게 머금은 통나무집 한 채가 있었다. 그 펜션의 이름이 '호반의 왈츠'였다.

마당 잔디밭에서 딸 내외와 아들 내외가 저녁 준비에 한창 바쁜 시간. 이번엔 그냥 대접만 받으시라는 자식들의 말에 '진짜 가을'을 느끼기 시작했다. 산을 하염없이 바라봤다. 눈길을 뗄 수 없던 단풍의 향연이 잠시 숨 쉬는 것마저 멈추게 할 정도였다면 믿을 수 있을까?

아직 그때만 해도 초등학생이었던 손자 손녀들도 자기들 나름대로 여행을 즐기기 시작했다. 손녀는 단풍잎을 하나 따서 소중히 책갈피에 끼워 넣었다. 이미 수명을 다해 빛바래진 낙엽들이 가을바람에 날려 내 발밑에 쌓이는 것을 보며 나도 손녀와 다른 여린 감상에 젖었었다.

남편과 연애할 때 나는 나뭇잎에 나의 마음을 적어 보내곤 했다. 그러면 그는 엽서에 자기의 앞날에 대한 꿈을 날려 보냈다. 지금도 그것들이 내 장롱 속에 무슨 보물보따리인 양 깊숙이 숨겨져 있다. 그는 쑥스러워 다시 읽기를 멋쩍어한다. 결혼 50주년에 공개할 예정이다.

마당에서는 숯을 피워 고기를 구웠다. 지금이나 그때나 딸과 며느리는 샐러드에 가장 신경을 썼다. 형형색색의 과일과 야채로 차려낸 샐러드가 마치 식탁 위의 센터피스처럼 화려했다. 아들과 사위는 고기를 굽느라고 얼굴이 벌겋게 익었으면서도 연신 집게와 맥주잔을 놓을 줄 몰랐다. 남편은 딸이 만들어 준 진콜(진과 콜라를 섞은 음료)에 취하고 나는 마당 한구석에 세워 놓은 석등의 불빛에 한껏 취했었다.

사실 난 그때까지 이효석의 「낙엽을 태우며」만이 가을의 정취라고 생각했다. 약간은 쓸쓸한 가을. 나에게로 집중하는 고독의 시간…. 가을은 석양의 시간일 뿐이라고 생각하며 가을의 아름다움은 진정 쓸쓸함에 있다고 생각했다. 하지만 그 날 가을은 내게 다른 얼굴을 보여주었다.

그 집 거실에는 노래방 기계가 있었다. 손주들은 마이크를 잡았다. 손자는 〈하늘나라 동화〉를 세 번이나 부르며 누나들에게 질세라 더욱 목청을 높인다. 젊은이들은 밤이 깊도록 마당에서 별빛을 이고 얘기꽃을 피웠다. 그들에게 마당을 양보한 우리 부부는 밤 산책을 하며 아이들에게 마음속으로 고마워했다. 또한 서로 눈빛을 마주하고 우리의 옛 추억에 젖었다. 그 당시에는 돈이 없는 가난한 연인이라 삼청동에서 자하문까지, 명동에서 남산까지 걷는 것은 다반사였다. 그 날이 우리가 40여 년 전 결혼한 그 날이었으므로. 그렇게 가을이 깊게 바스락거렸었다.

이제 그때의 손녀들은 대학생이 되어 자기 생활이 바빠 얼굴조차 보기 힘들고 손자는 고등학교 2학년생, 입시에 신경 쓰느라 예전의 그 감성들을 찾

147

아볼 수가 없다. 그리고 나도 나이를 더 먹었다.

그 후로도 시월은 여덟 번이나 흘러갔지만 그때 그 시월 마지막 밤의 추억은 아직도 현재진행형이며 그날의 훈훈한 마음은 나를 살찌우는 힘의 원동력이다.

2015. 9. 18

출간을 하고서

❀

『웃음 꽃』을 상재하고 여러 사람으로부터 인사를 받았다. 이 메일로 전화로 편지로 모두 따뜻한 마음이 담겨 있어 나를 행복하게 했다.

제일 먼저 도착한 C 선생님의 편지는 맑은 서정과 정감 넘치는 문장으로 수필의 맛을 더 해 준다는 격려의 말과 함께 다음의 글을 덧붙였다. '나눔의 삶, 내어 주는 삶, 이것은 반드시 물질적인 것만이 아니다. 나의 시간, 마음, 능력을 모두 내놓을 때 나의 삶이 잘 마무리되지 않을까.' 이 글이 가장 마음에 와 닿았다고 한다.

O 선생님은 축하한다는 인사와 함께 작품평을 전화로 했다. 작품이 천편일률적으로 행복에 젖어 있다. 그렇지 못한 사람도 있음을 생각하고 명암이 대비되는 글을 쓰면 좋겠다는 것이다. 물론 나의 가슴 한구석에 있는 아픈 과거는 스쳐 읽은 것 같다.

김우종 교수님의 평대로 어린 시절의 어두운 그림자가 있었기에 오늘이 더욱 감사하게 느낀다는 것을 잠깐 잊은 것은 아닌지. 책 한 권 전체에 그 비중이 약하게 나타난 것인지 아니면 과거보다는 현재의 삶이 너무 많이 나타나서 그런 느낌이 들었는지. 어찌 되었건 간에 앞으로의 나의 작품 활동에 밑거름이 되리라 생각하며 받아들였다.

S 선생님은 열심히 살아온 삶을 『웃음 꽃』으로 마무리함에 경의와 축하를 보낸다고 했다. 인생을 마무리하기에는 아직 시간이 남아 있는 것은 아닐까. 평균 수명이 85세라 하는데 5년 후쯤 금혼식에 맞춰 또 욕심을 내볼까 한다. 그때까지 건강한 생활을 할 수 있도록 그분께 기도한다.

K 선생님의 글이다. "행복 덩어리 이 선생님, 선생님을 뵈면 늘 인자하신 모습에 편안했는데 책을 읽으며 어쩜 이리도 행복한 삶을 살고 있을까 몹시 부러웠습니다. 물 흐르듯 편안하게 쓰신 글 속에는 언제나 선생님이 웃고 계시더군요. 「해바라기 모녀」에서 '하루의 삶이 무덤덤하고 나른할 때 그녀의 전화를 받으면 마구 엔돌핀이 솟구친다. 한참 수다를 떨면 가라앉았던 기분이 나도 모르게 상승됨을 느낀다. 나에게 그런 딸이 없었으면 어찌 되었을까.' 그 구절이 딸이 없는 제게는 부러움 그 자체였습니다." 그 글을 쓸 때는 거기까지 생각을 미처 못하고 내 생각에만 푹 빠져 있었는데 미안한 생각이 들었다.

M 선생님이 편지와 함께 붓글씨로 '同行 同幸'이란 글씨를 낙관까지 찍어서 보냈다. 내가 처음 문단에 나왔을 때 동인으로 함께 활동한 분이다. 계속 학업을 연마하시더니 박사 학위를 받고 지금은 H 대학에 교수로 재직 중이다. 전에도 새해에는 좋은 글씨를 보내주곤 했다.

'同行 同幸'은 나와 같은 길을 가는 사람끼리는 같이 행복해야 한다. 가정 생활은 물론 내 주변 모든 사람이 행복해야 한다. 힘이 센 쪽만 행복하면 결국 공룡의 최후처럼 공멸하고 만다. 나와 함께 가는 길에 나의 동행인이 진정으로 행복한가를 배려하고 살피며 살아가는 인생길이고자 한다고 그는 쪽지에 적었다. 2012년 회갑을 맞으며 쓴 글인데 내 책을 받고서 느낌이 같아 보낸다고 했다. 덧붙여서 배 아파서 훌륭한 남매를 두고 머리 아파서 세 권의 저서를 잉태하시니 多産女王이란 농담도 했다.

전철 안에서 문우로부터 전화를 받았다. '고도원의 아침편지'에 내 글 「결혼 기념사진」이 실렸다고 한다. '고도원의 아침편지'를 이메일로 매일 받아 읽었는데 오늘은 바빠서 미처 읽지 못하고 집을 나섰다. 얼마나 반갑던지. 매일 이메일을 받아 읽을 때마다 감동을 받았는데 내 글이 또다시 다른 사람에게 나와 같은 감정을 이입해 줄 수 있다는 것이 너무 행복했다. 이런 행복 바이러스가 모든 사람에게 전해지기를 바란다.

칠순을 맞아 책을 출간하고서 가족, 친지, 친구, 문우, 옛날 동료 등을 한자리에 모아 출판기념회를 가지려 했으나 왠지 부담이 될 것 같아 부분별로 함께 자리를 마련하고 책을 부쳤더니 이런 즐거움이 생겼다. 나도 책을 받으면 나의 소회를 담아 보내기로 다짐을 한다. 나의 책을 즐겁게 읽어 준 독자에게 고개 숙여 고마움을 전한다.

2012. 4. 11

퇴직 후 새로 찾은 꿈

꿈은 꿈을 꾸는 자만의 몫이다.

어린 시절엔 6·25 전쟁으로 부산으로 피난 가고 이산가족의 아픔으로 편히 책을 읽을 수 있는 환경이 못 되었다. 서울로 올라온 후에는 사업실패로 삼촌이 사는 금촌으로 내려가서 기차 통학을 하며 학교에 다니느라 교과서 외에 다른 책은 구입해 읽을 여유가 없었다.

졸업을 하고 사회생활을 시작하면서는 조금씩 문학에 눈을 뜨게 되었다. 그래서 원고지에 꿈을 실어 잡지사에 투고하기도 했다. 그러나 결혼과 동시에 가정과 학교생활을 병행하느라 또 꿈과는 거리가 먼 생활을 하게 되었다.

그러다 딸이 초등학교에 입학하자 내 꿈을 딸을 통해서 얻고 싶었다. 그래서 세계문학전집 50권을 사서 읽도록 했더니 다행히도 잘 따라주었다. 그러면서 틈날 때마다 나도 조금씩 읽어나갔다. 어린 딸은 책에 파묻혀 살았다. 백일장에 나가서 상도 타오고 문예반 활동도 하면서 그 방향으로 잘 커 주었다.

국문과에 입학하자 딸의 실력이 어느 정도인지 알고 싶어 조선일보사 주최로 열리는 대회에 참가하였다. 마침 일요일이어서 나도 따라갔다. 덕수궁에 앉아서 딸이 써 내려 가는 모습을 보니 나도 참가하고 싶은 충동이 일어나 그 자리에서 원고지를 받아 쓰셨다. 제목은 '친구'였다. 고등학교 때 단짝친구를 생각하며 썼다. 주제가 쉽게 접할 수 있는 제목이라 부담 없이 쓸 수 있었다. 딸은 운문부에서 나는 산문부에서 입상하였다. 공적으로 인정받는 기회였다. 신문에 내 이름 석 자가 실리니 그렇게 좋을 수가 없었다.

그때부터 나도 기회가 되면 계속 글을 쓰리라 생각했지만 생활인으로 돌아온 나는 주부, 엄마, 며느리, 아내, 교사로서 일인 오역을 하기에 바빠 그 꿈을 잊고 살았다.

부모님이 돌아가시고 아이들도 결혼하여 내 품을 떠나자 나도 내 길을 가야겠다고 결단을 내렸다. 마침 명예퇴직 제도가 생겨 나는 미련 없이 퇴직을 하기로 결정을 하였다. 남편은 그동안 쌓아온 경력이 아깝다며 말렸으나 65세 정년을 하고 나오면 내 인생은 어디서 보상을 받느냐고 항변을 했다.

나에게 시간이 주어지자 하고 싶은 것이 많았다. 붓글씨도 배우고 노래교실도 다니고 문학 강좌도 들으며 지나다 보니 내 길이 한곳으로 모아졌다. 그동안 꿈꾸어왔던 수필반을 찾게 되었다. 그때 지금은 돌아가신 정봉구 선생님을 만나게 되었다.

처음에는 수필이란 단어조차 낯설었다. 작법은 더더욱 몰랐다. 매주 내주시는 제목으로 글을 써 가면 돌아가면서 합평을 하는데 너무 혹평을 해서 눈물이 나올 지경이었다. 나는 처음 입문했지만 그곳에 모인 사람들 대부분은 다른 곳에서 공부하던 사람들이었다. 내가 이 나이에 왜 이런 수모를 받으면서 글을 써야 할까 하고 가슴앓이를 많이 했다. 그래도 내가 학교에서는 연구논문으로 상도 타고 교육계획서도 다 작성했는데 여기서는 그게 통하지 않는구나 하는 생각이 들었다. 그러나 시간이 흐르면서 내 글이 점차 수필다워지는 것을 스스로 느낄 수 있었다. 논문과 수필은 다름을 깨달았다. 그러면서 글감을 찾으려는 노력이 시작되었다. 얼마든지 내 주변에서 많이 찾을 수 있었다.

그러던 어느 날 등단의 기쁜 소식을 접했다. 나에게 수필가란 또 다른 이름이 생겼다. 그것이 인연이 되어 동인들이 모여서 동인지를 발간하게 되었다. 그러면서 선배들의 출판기념회에 참석하게 되니 나도 내 책을 내고 싶은 소망을 갖게 되었다.

그리하여 내 회갑을 맞아 제1집 『고운여자』를 출간하였다. 여러 가지로 미흡하지만 내 이름으로 출간하니 가슴 뿌듯하였다. 5년이 지나니 원고가 많이 쌓이게 되어 다시 한 권으로 묶었다. 그것이 제2집 『둥지를 떠날 때』다. 나는 무엇이든지 의미 부여하는 것을 좋아하기에 작년에는 칠순 기념 제3집 『웃음 꽃』을 상재하였다.

글 쓰는 횟수가 많아지면서 수필이 어떤 것인지 어느 정도 감은 잡히지만 막상 쓰려면 얼른 떠오르지 않아 머릿속으로 아우트라인을 그려 놓는다. 그러고 나서 펜을 들면 수월해지기도 한다.

글감을 찾으러 박물관이나 미술관을 탐방하기도 한다. 시간적 여유가 생기면 여행을 떠나기도 한다. 그렇지 않을 때는 지나온 나의 삶을 반추해보며 울기도 하고 웃기도 하면서 마음속 정화를 할 수 있다. 요즈음은 힐링이 추세라는데 일부러 찾아 나서지 않아도 글을 쓰다 보면 마음속이 정화되기도 한다.

만일 내가 글을 쓰지 않았더라면 내 마음속에 있는 것을 다 표현하지 못하고 이 세상을 하직했을 것이 아닌가 두렵기도 하다. 나는 신앙이 있기에 모든 것을 내가 믿는 분에게 기도할 수 있으나 글을 쓴다는 것은 그것하고는 또 다른 힐링이 되는 것 같다. 글을 쓰고 나면 나를 홀랑 벗겨 놓은 것 같아 부끄럽기도 하지만 이것이 나의 참모습이고 이 순간의 나인 것을 인정할 수밖에 없다고 생각한다. 그런데 제일 걱정인 것은 맨 마지막에 일반화를 해야 하는데 어떻게 결말을 지어야 할지 몰라 고민을 하게 된다.

그래서 나는 오늘도 '수필강좌'를 듣고 새로운 소재를 찾기 위한 노력을 아끼지 않는다. 10년이면 강산도 변하는데 15년이란 세월은 나에게 무엇을 가져다주었는가. 결과가 좋든 아니든 꾸준히 쓰려고 노력할 것이다. 9988234(99세까지 88하게 살다가 이틀 앓고 3일째 죽는 것이 행복한 인생이다.)라는데 30년이란 시간이 남아 있으니 이것을 무기 삼아 수필을 아끼며 사랑하며 살고자 한다.

2013. 4. 8

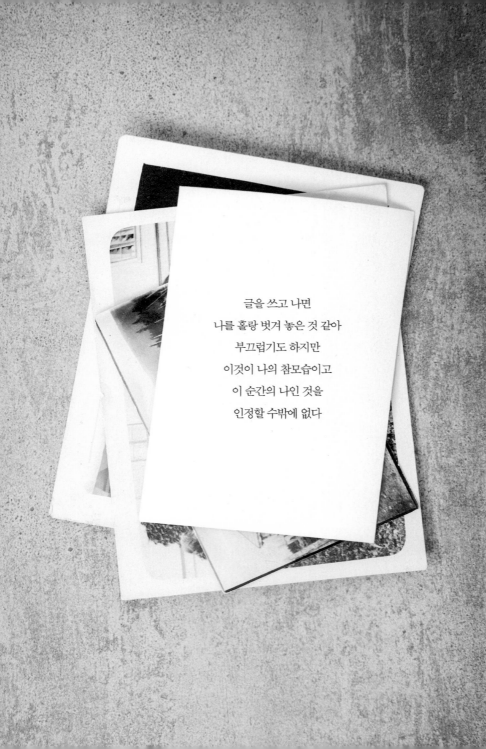

글을 쓰고 나면
나를 홀랑 벗겨 놓은 것 같아
부끄럽기도 하지만
이것이 나의 참모습이고
이 순간의 나인 것을
인정할 수밖에 없다

4부

교황과 함께했던 100시간

프란치스코 교황님

성모의 밤 행사

손녀들이 첫영성체 하던 날

손자가 신부님으로부터 첫영성체하는 모습

'94 1 30

대학 동창들과 함께 일본 여행 중

싱가폴로 가족 여행 가서

교황과 함께했던 100시간

2014년 8월 14일 프란치스코 교황님이 우리나라를 찾았다. 베드로의 후계자로 보편교회의 최고 사목자를 이 땅에서 뵙다니 이 영광을 어찌 표현하리. 이는 천주교 신자뿐 아니라 이 나라 모든 이에게 큰 희망을 안겨 주었다.

그는 한국을 방문한 두 번째 교황이다. 나는 성 요한 바오로 2세 교황을 뵙고 또 25년 만에 프란치스코 교황을 뵈었으니 내 생애 이보다 더 큰 기쁨이 어디 있을까.

그는 이탈리아 출신 이민자의 아들로 아르헨티나에서 태어났고 예수회에 입회하여 빈민촌 사람들에게 관심과 사랑을 쏟았다. 교황이 되어서도 변함없이 검소하고 시민적 행보를 보여 주었다. 그는 종교와 인종의 장벽을 넘어 사랑과 존경을 받는다. 자신의 종교적 가르침을 삶으로 증명하는 지도자이기 때문이다. 교황의 힘은 소박한 일상의 실천에서 나온다.

나는 교황과 더불어 행복한 100시간을 보냈다. 교황님이 한국에 오신 것은 좋은 점을 믿어주고 격려하기 위해 당신의 휴가를 희생하며 오신 것이다. 교황은 세월호부터 위안부 문제까지 모두의 말을 들었지만 어느 한쪽에도 치우치지 않으며 함께 고민할 여지를 남겨 주었다. 그분이 주시는 사랑과 위로를 많이 받으면 된다.

성모승천대축일미사를 위해 대전에는 KTX를 타고 갔다. 난생처음 고속철을 탄 교황이 대전에서 솔뫼로 가기 위해 소형차(쏘울)을 타고 이동하였다. 이처럼 지극히 평범한 한 인간에게 우리는 감동하는 것이다.

그가 보여준 리더쉽은 솔선수범과 언행일치다. 시차 적응과 장거리 여행 자체가 쉽지 않은 78세 고령임에도 불구하고 교황은 예정된 모든 일정을 소화했다. '낮은 곳으로 가라'고 하지 않고 스스로 세월호 가족, 꽃동네 장애인을 찾아갔다. 50달러짜리 스와치 시계를 차고, 빛바랜 십자가를 착용하고, 서류가방을 직접 들고 다녀도 그가 추레해 보인다고 생각하는 사람은 없다.

124위 시복미사가 거행된 16일, 서울 광화문 일대는 자원봉사자들과 미사 참례자들로 꼭두새벽부터 들썩였다. 미사 입장은 새벽 4시부터였지만 밤을 새워가며 전국 각지에서 버스와 기차를 타고 온 신자들은 입장 1시간 전부터 광화문에 도착했다. 교황님을 뵐 수 있다는 사실에 가슴 설레었다.

교황은 시복미사 전에 하느님의 종 124위 시복자 가운데 가장 많은 27위가 탄생한 서소문 성지를 찾아 기도를 바쳤다. 서울 시청 광장에서 오픈카로 갈아탄 교황은 30분간 광장을 두 바퀴 돌며 신자들과 만났다. 교황은 특유의 환한 미소를 띠고 신자들을 향해 십자성호를 그으며 축복했다. 광장 바닥에 앉아 4~5시간씩 교황을 기다리던 신자들은 일제히 일어나 '비비 파파', '프란치스코'를 외치며 교황을 뜨겁게 환영했다.

카퍼레이드 도중 세월호 희생자 가족들이 모여 있는 곳을 지나자 교황은 차를 멈추게 하고 손수 문을 열고 차에서 내렸다. 유가족을 축복하며 위로를 건넨 교황은 세월호 사건으로 딸을 잃은 김영오 씨가 건네는 편지를 받아 주머니에 넣기도 했다.

아시아 청년대회 폐막식에서 '젊은이여, 깨어나라'고 한 교황의 외침이 인상 깊게 받아들여졌다. 교황은 청년들에게 삶은 시간으로 이루어져 있고 시간은 신이 준 선물이라며 시간을 선하고 유익한 일에 쓰라고 당부했다. 인터넷과 스마트폰, TV 드라마에 시간을 낭비하지 말라고 조언도 했다. 또한 청년들과 '셀카'를 찍는 교황의 활짝 웃으시는 모습이 무척 인상 깊었다.

대전의 성모승천 대축일 미사, 광화문 시복 미사, 꽃동네의 함성 그리고 명동성당의 평화와 화해를 위한 미사의 감동을 잊지 못할 것이다. 교황님은 평화와 화해 미사에서 맨 앞자리에 앉은 위안부 할머니들에게 직접 축성한 묵주도 하나씩 선물했다. 허리를 굽히고 한 사람씩 인사를 나눴다.

꽃동네에서 입양을 기다리는 아기가 손가락을 빨고 있는 것을 본 교황은 아기 손가락을 빼고 자기 손가락을 아기 입에 넣어 주었다. 엄마 없이 자란 아기라는 걸 알고 그러신 것 같다. 아기를 예뻐하는 모습이 남달랐다.

멀리 떨어져 있어도 누군가를 사랑하는 마음이 있으면 그 사람에게 사랑이 전해진다. 교황님은 신부일 때나 주교일 때나 추기경일 때나 교황일 때나 한결같이 사람을 사랑하였다. 교황님 모습을 보고 많은 사람들이 친근감을 느끼는 것은 교황님의 사랑을 사람들이 느끼기 때문이다.

교황님과의 만남으로 우리 모두가 성 프란치스코의 기도처럼 미움과 분열, 불신과 절망이 있는 곳에 사랑과 일치, 믿음과 희망을 전하는 사람이 되기를 희망한다.

교황님의 기도가 생각난다. 꽃동네에 가서 수도자를 만났을 때 "나를 위해 기도해 주세요. 제발 잊지 말아 달라."는 마지막 부탁의 말씀. 나도 기도 중에 이 기도를 잊지 않으리라.

교황님은 다른 종교지도자들에게 '서로 인정하고 다 함께 가자'고 하신 말씀은 종교 갈등이 세계 곳곳에서 불행의 원인이 되고 있는 현 상황에서 시의적절한 말씀이라고 생각한다.

이번 교황의 방한은 가톨릭에 이름만 걸어놓고 무관심했던 냉담자들에게도 복음의 참 의미와 독실한 신앙생활을 다시 일깨우는 소중한 계기가 되었다.

그분은 귀가 유난히 컸다. 세상의 말을 다 들어주시는 그 귀는 긍정적 에너지를 유발하는 눈부신 은총이다. 우리는 입을 줄이고 귀를 키우는 사람으로 거듭나야 하지 않을까.

한국 천주교 주교회의 방명록 구석에 조그맣게 서명한 것을 보고 자신의 존재를 더 작게 기록하는 그 크고 아름다운 마음에 그만 숙연해졌다.

교황님께서 4박 5일 100시간 동안 한국에 머물면서 갖는 의미는 누구와 대화를 하든 자신을 완전히 비우고 상대방의 입장에서 문제를 풀어가는 것이다. 가난한 이들, 신체 부자유자, 일본군 위안부, 세월호 희생자 유족 등 마음의 상처를 안고 살아가는 사람들의 고통을 자신의 것인 양 자비의 마음과 충만한 사랑으로 일관한 것이다.

오! 교황님. 감사합니다. 사랑합니다. 행복했습니다.

2014. 8. 24

치유의 숲

문인들과 장성 축령산 편백 군락지로 여행을 떠났다. 안개비가 내려 오히려 트래킹하기에 좋았다. 편백나무 숲길 1시간 트래킹이 산삼한 뿌리 먹는 것보다 더 좋다는 말에 무릎이 아픈데도 무리하게 따라나섰다.

일행들은 앞에 서 갔다. 나는 K와 함께 천천히 오르다 도저히 자신이 없어 벤치에 앉았다. 모두가 오른 후 나는 혼자서 노래 부르며 나만의 시간을 가지고 숲 속의 고요에 흠뻑 빠졌다. 시간이 흐르니 조금 회복이 된 듯해서 다시 천천히 오르기 시작하였다. 이때 K가 만들어 준 지팡이가 큰 버팀목이 되었다. 정상에 오르니 그녀가 반갑게 맞아 주었다. 향기로운 피톤치드와 싱그러운 봄 향기가 코끝을 간지럽게 한다.

목재에서 나오는 향기는 심신의 피로를 풀어준다. 우리가 흔히 말하는 삼림욕이다. 삼림욕은 숲 속을 걸어 다니면서 나무로부터 발산되는 미량의 테르펜 성분인 피톤치드를 통하여 생리적 및 심리적 활성 효과를 느끼는 것을 말한다.

테르펜은 살충제, 발육제어, 항균, 항 곰팡이, 식물장애 제어 및 촉진, 약리 등의 작용을 나타내며 광범위한 생물활성 효과를 나타낸다. 수종 별 피톤치드의 양을 비교해보면 잡목이나 활엽수보다는 소나무, 잣나무, 편백나무 같이 잎 끝이 뾰족뾰족한 침엽수에서 훨씬 많은 피톤치드가 발생한다. 피톤치드phytoncide란 수목이 해충이나 다른 수목으로부터 자신을 보호하기 위해 분비하는 살균물질을 총칭한다. 피톤치드는 겨울보다는 여름, 밤보다는 낮, 비 오는 날 보다는 맑은 날에 더 많이 발산되며, 스트레스 완화와 아토피 피부질환, 면역기능 증가, 진정작용 및 쾌적한 효과, 알레르기 예방 효과, 항균 작용, 해충 방지, 탈취 효과, 산림 효과 등이 있다.

장성 편백 숲은 전남 장성군 서삼면 모암리 주변 258ha에 조림된 편백, 삼나무 숲이다. 춘원 (고) 임종국 선생은 1915년 전북 순창에서 출생하여 1978년 타계하였다. 1956년부터 1976년까지 21년간 온갖 어려움을 무릅쓰고 헐벗은 산에 253만여 그루의 나무를 심어 울창한 편백나무 숲을 만들었다. 그의 불굴의 투지와 행동이 마침내 전국 최대의 편백 삼나무 조림지를 이루어서 우리들이 그런 혜택을 누리고 있는 것이다. 피톤치드가 쏟아지는 숲에서 여유 있게 걸으면서 지친 심신을 달랠 수 있어 정말 행복한 하루였다.

2013. 4. 26

내가 좋아하는 낱말

내가 좋아하는 낱말은 그리움, 기도, 사랑 등이 있다. 그중에서 그리움은 가슴 깊은 곳에서 울려 퍼지는 울림이다. 보고 싶어 애타는 마음, 사모의 정이다. 혼자 있을 때도 바쁜 일상사가 지나가면 항상 머무르는 것은 어머니의 생각이다.

나는 엄마의 딸로 70년을 살았다. 엄마가 돌아가시고 딸로서의 삶은 끝이 났는데도 여전히 가슴 속에는 딸이 공존하고 있다. 엄마는 딸의 인생의 코치다. 나보다 학식이 많아서가 아니다. 살아온 삶 자체가 표본이다. 28세의 젊은 나이에 8살, 6살, 4살의 삼 남매를 데리고 남편도 없이 기차 꼭대기에 짐을 싣고 부산으로 피난을 간 것은 아무리 생각해도 도저히 따라 할 수 없는 일이다. 아무리 극한 상황이라지만 그런 용기와 배포가 어디서 생겨났을까.

피난살이에서 아홉 식구의 생계를 책임지고 일제물건을 국제시장에 내다 팔아 연명해 온 것을 생각하면 그리움 속에 짠한 마음이 가슴속을 후벼 판다. 어머니는 연약하지만 강인한 분이다. 장사를 하셔도 자본이 있어서 한 것이 아니고 신용으로 하셨다. 물건을 팔아서 원금을 갖다 주고 남은 돈으로 우리를 키우셨다. 하루하루가 얼마나 막막하셨을까. 나는 열 번을 생각해도 자신이 없다.

남편의 외도를 가슴에 묻고 우리 삼 남매를 키우신 생각을 하면 여자로서의 행복한 삶은 포기한 것 같다. 홀로서기에 능한 분이라 미국으로 이민 가셔서도 영어 한마디 못하신 분이 향학열에 불타 시민권을 따시고 아들과 떨어져 홀로 사셨다.

누군가를 만나고 싶어 하는 그리움을 간직하고 살아간다면 그 사람은 행복한 사람이다. 나는 어머니로 인해 울고 웃으면서 언젠가는 만날 날이 있으리라는 희망을 품고 오늘도 기도 중에 기억하고 있다.

나는 신앙인이기에 아침의 기도로 하루를 열고 저녁의 기도로 하루를 끝낸다. 나의 삶을 그분께 의지하며 봉헌한다. 나를 사랑으로 내시고 나에게 영혼 육신을 주시어 당신만을 섬기고 사람을 도우라 하셨으니 당신께 받은 몸과 마음을 오롯이 도로 바쳐 찬미와 봉사의 제물을 드린다.

특별히 좋아하는 기도는 프란시스코 성인의 기도다.

> 천주여, 저로 하여금 당신의 평화를 위한 도구로 만드소서.
> 미움이 있는 곳에 사랑을
> 위해가 있는 곳에 사면을
> 암흑이 있는 곳엔 광명을
> 비애 있는 곳엔 환희를
>
> …

비록 신앙은 가지고 있지 않더라도 기도를 드린다는 것은 참으로 마음이 편안하다. 기도는 괴로움을 가볍게 하고 마음의 상처를 치유해준다. 영혼을 즐겁게 하고 마음의 향기를 뿌린다. 기도할 수 있는 신을 가지고 싶어 하는 것은 인간의 욕망 중에 하나다.

　말로 하는 기도는 기도의 가장 끝머리, 가장 껍데기에 지나지 않는다. 정말 기도는 몸으로 실천하는 것이다.

　기도란 하늘에 고하는 말인 줄 알았는데 그게 아니란다. 오히려 하늘의 말씀을 듣는 일이 참다운 기도라고 한 사제가 깨우쳐 주었다.

　사랑이란 우리의 생명과 같이 날 때부터 주어지는 것이다. 사랑을 가르쳐 주는 사람은 없다. 사랑은 받는 것이 아니라 주는 것이다. 그러나 받고 싶을 때가 있다. 살다 보면 사랑한다는 것은 둘이 서로를 들여다보는 것이 아니라 함께 같은 방향을 쳐다보는 것임을 경험으로 알게 된다. 세월이 가르쳐 준다.

　사랑하는 자와 지내려면 한 가지 비결이 있다. 자기 성질에 안 맞는 결점을 고치려 들면 삽시간에 상대의 행복까지 파괴시키고 만다.

　내가 좋아하는 사랑의 정의는 신약 (고린도전서 13:1~7절) 말씀이다.

> 사랑은 오래 참습니다. 사랑은 친절합니다. 사랑은 시기하지 않습니다. 사랑은 자랑하지 않습니다. 사랑은 교만하지 않습니다. 사랑은 무례하지 않습니다. 사랑은 사욕을 품지 않습니다. 사랑은 성을 내지 않습니다. 사랑은 앙심을 품지 않습니다. 사랑은 불의를 보고 기뻐하지 않고 진리를 보고 기뻐합니다. 사랑은 모든 것 덮어주고 모든 것 믿고 모든 것을 바라고 모든 것을 견디어 냅니다.

나는 이 찬송을 부르면 마음이 평안하고 기뻐진다.

2013. 5. 2

무너진 세계의 지붕

❀

2015년 4월 25일 진도 7.8의 강진으로 네팔 전역에서 수천 명의 사망자가 발생했고 6,500명 이상이 부상당했다. 그로 인해 사랑하는 가족과 삶의 터전을 순식간에 잃어버리고 비탄에 빠진 네팔 국민들이 용기와 희망을 잃지 않기를 간절히 기도했다. 또한 대지진으로 인해 뜻하지 않게 희생된 수많은 사람의 영원한 안식을 위해 두 손을 모았다.

27일 밤 영국 공군 비행장. 용맹하기로 이름난 네팔 출신 '구르카' 용병들이 지진으로 신음하는 고국을 위해 구호물품과 함께 비행기에 몸을 실었다. 사망자가 5,000명을 넘어선 고향 땅으로 향하는 그들의 얼굴은 굳어 있었다.

'구르카' 용병은 세계를 호령하던 대영제국이 1816년 네팔을 침공했을 때 당시 영국군을 공포에 떨게 했던 '구르카' 마을의 구르카 족 전사의 후예다. 이들은 파괴된 도로와 산사태로 어려움을 겪고 있는 구조 작업 전선에서 한 명이라도 더 살리기 위해 사투를 벌이고 있다.

지진 발생 나흘째 네팔 당국과 국제사회의 손길이 수도 카두만두에 집중되면서 산간 오지 피해는 더욱 커졌다. 안 그래도 도로 상황이 열악한 네팔에 지진 직후 곳곳에 산사태가 일어나면서 수많은 산간 마을이 고립됐기 때문이다.

람 바란 야다브 네팔 대통령은 25일 수도 카두만두에 있었다. 대통령궁도 지진 안전지대는 아니었다. 궁내부가 흔들렸고 이내 벽이 금이 가 갈라지기 시작했다. 붕괴할 위험이 커지자 경호원들은 대통령을 최대한 빨리 카투만두 밖으로 피신시키려 하였다. 여진으로 또 다른 위험 상황이 우려 됐기 때문이다. 하지만 야다브 대통령은 이를 거절하고 대통령궁 인근에 천막을 치라고 지시했다. 그는 천막을 집무실 삼아 각국 정상의 위로 전문을 받고 이들에게 도움을 요청하여 '천막 리더쉽'을 보여 주었다.

네팔 대 지진으로 발굴된 시신이 쏟아지면서 화장터에는 온종일 흰 연기와 불꽃이 솟아올랐다. '성스러운 강' 간지스를 따라 노천에 마련된 화장터는 빈 곳이 없었다. 장작더미가 내 뿜는 열기로 사원 전체가 뿌옇다.

유엔은 이번 지진으로 주택 53만 채가 파손 되는 등 800만 명이 피해를 입었다고 밝혔다. 네팔 전체 인구의 4분의 1이다.

카투만두 공항은 네팔을 빠져나가려는 사람들이 연일 장사진을 쳤다. 이날 오전 대한항공 전세기는 창원 태봉고 학생과 교직원 48명을 포함한 한국승객 101명을 태우고 인천공항으로 출발했다. 정부가 하루 먼저 데려가려고 전세기를 띄운걸 보면 '세월호 트라우마'가 컸던 모양이다.

여진 위험 속 한국구조대는 대리석을 부수고 철근을 제거하고 시신수습에 여념이 없다. 구조대는 하던 일을 멈추고 망자에 대한 거수경례를 했다. 다른 나라와 달리 "떠나는 분에 대한 최소한의 예의"라고 했다. 네팔 경찰이 구조대에게 고마운 뜻의 악수를 청했다.

네팔 수도 카두만두에서 3시간을 달려 도착한 '싯파갓'은 전쟁터였다. '절

망의 땅' 싯파갓을 한국의 구호단체 '기아대책' 구호단이 찾았다. 텐트와 스티로폼 메트가 각각 250개, 라면 500박스를 들고 서다. 그곳 사람들은 "꼬레아?"라고 물으면서 다가와 "나마스떼(안녕하세요)"라며 양손을 모았다. 이 지역은 한국으로 일하러 간 사람의 가족이 많이 살아 한국을 잘 아는 편이다.

무너진 땅에도 삶은 계속된다. '신의 나라' 네팔의 관광업은 지진 한 번에 10년 후퇴했다. 전통 옷, 기념품점도 문을 열고 음반가게에선 노랫소리도 들리고, 유적지 복구는 더디지만 시민들이 벽돌을 찾아내 스스로 복구 작업에 힘쓰고 있다.

기적의 생환도 이어졌다. 네팔 수도 카두만두에서 북서쪽으로 80km 떨어진 '누와콧' 지역에서 올해 101세인 '푼수타망'씨가 구조됐다.

무너진 세계의 지붕, 따뜻한 손길이 절실하다. 한국천주교회도 긴급구호금 미화 25만 달러를 지원했다. (재)한국카리타스 인터네셔널은 미화 10만 달러를 네팔 카리타스에 전달했다. 서울 대교구도 (재)한마음한몸운동본부를 통해 미화 5만 달러를 지원했다. 대전교구도 교황대사관을 통해 미화 10만 달러를 지원했다. 서울대교구는 '2차 헌금'을 했다.

정부는 미숙해도 국민은 성숙했다. '신들의 땅'을 '통곡의 땅'으로 바꿔 놓은 대지진에도 시민들은 빠르게 일상으로 돌아갔다. 새치기를 하지 않았고 구호품을 가지고 다투지도 않았다. '사재기'란 개념조차 없는 듯 했다.

네팔 지진 후 지각 변동이 일어났다. 세계최고봉 에베레스트 산(8,848m)의 해발고도가 2.5cm가 낮아졌다는 연구 결과가 나왔다.

네팔에서 발생한 강력한 지진은 네팔 사람들의 삶을 송두리째 빼앗아 버렸다. 모든 것은 무너져 내렸고 사람들의 평온했던 일상과 행복도 앗아 갔다. 지금 우리는 지진보다 더 강한 우리의 사랑을 보여 줄 때다.

네팔 참사를 계기로 어려운 이웃에게 실질적인 도움을 주는 성숙한 신앙인의 삶을 살아가고자 한다.

2015. 5. 15

이민자移民者의 삶

　　김옥기 님의 수필집『수평선 그 너머에는』을 받았다. '책을 내면서'의 글을 읽으니 미국 이민 27년 만에 처음으로 내리 몇 개월을 고국에 머물면서 아름다운 한국에 취했다고 했다. 또한 27년이란 짧지 않은 세월을 '바쁨'과 '외로움'이란 단어를 가슴에 안고 남의 나라에서 잘도 견디어 살았다고 했다.

　　문득 큰 남동생이 생각났다. 그는 1970년대 파독광부로 가서 3년간의 근무를 끝내고 더 큰 꿈을 안고 미국으로 가서 40여 년을 그곳에서 살고 있다. 그곳에서 정착하기까지의 삶을 책으로 쓰면 몇 권은 될 것이라고 나에게 말했다. 배움이 많지 않기에 그가 할 수 있는 일은 몸을 움직여서 하는 일이다. 그러나 조카들은 약사, 검사로 잘 키워 치과의사, 중앙정부 고위공무원 사위 등을 얻어 주류사회에 입성시켰다. 자기는 딸들을 보면 대견하기도 하지만 부모로서 항상 열등감에 사로잡힌다고 한다. 술이라도 한 잔하면 내가 왜 공부할 시기에 열심히 하지 않았는지 후회막급이라고 한다. 그러나 지금은 경제적 여유가 있어 노후를 걱정하지 않아도 된다고 한다.

　　우리나라는 1970년대 이민 바람이 불었다. 내 친척 중에는 이민자가 많다. 우리 아이들 고모부는 큰 회사 간부로서 그 당시 돌로 만든 집에서 남부럽지 않은 삶을 살았다. 그런데 고모가 아이들 교육을 위해서 미국 이민을 결정했다. 고모부가 그곳에서 할 수 있는 일은 벨트에서 물건을 옮겨 놓는 단순 노동이었다고 한다. 그로 인해 스트레스로 후두암을 앓아 이민생활 20년 만에 저 세상으로 갔다. 그러나 아들과 큰 딸은 의사가 되었고 막내딸은 변호사가 되었다. 자식들은 성공한 셈이다.

둘째 외삼촌은 군 대령 출신으로 퇴임 후 미국 지사장으로 나가서 눌러 앉은 경우다. 연금도 나오기 때문에 별 어려움이 없는 듯 했으나 외숙모가 아파서 먼저 세상을 뜨는 바람에 홀로 외로이 지내고 있다. 군 동기들과 교류도 원하지만 멀리 사는 관계로 외롭다고 한다. 아들은 시청 공무원으로 인정받는 삶을 살고 있다.

또 막내 삼촌은 병아리 감별사로 영국에 갔다가 다시 미국으로 이민 간 케이스다. 한국에서 K대학을 졸업했으나 쉽사리 취직을 할 수 없자 그 길을 택했다. 미국에서 옷가게를 했다. 그 일이 자기에게 맞지 않는다며 외숙모에게 가게를 맡기고 밖으로만 나돌았다. 그러나 아들은 공학박사로 잘 키웠다.

우리 부모 세대들은 자식들을 잘 키우기 위해 몸을 사리지 않고 온갖 고생을 다 감수했다. 그런데 잘 키운 자식들을 보기가 쉽지 않다는 것이다. 여기저기 뿔뿔이 흩어져 살아 일 년에 몇 번 보기도 힘들다고 한다. 또한 미국은 고등학교 졸업과 동시에 독자적으로 생활하기에 부모에게 그리 애틋하지도 않고 끈끈한 정을 못 느낀다고 한다. 나이 들어가면서 자식에게 조금은 섭섭하고 한국에 대한 그리움이 더 짙어 가는 것 같다.

동생이 올해 칠순이다. 회갑 때 한국에 나와 곳곳을 구경했지만 10년 후 한국의 모습이 보고 싶어 나오려고 하는데 세월호 사건으로 온 국민이 슬픔에 잠겨 있어 여행을 다니기가 부담이 된다고 다른 나라로 다녀오겠다고 한다.

이민자의 삶을 얘기하면 엄마를 빼 놓을 수가 없다. 아들이 초청하여 일찍부터 미국생활을 했다. 처음에는 아들과 함께 살았지만 오랫동안 떨어져 살아서 그런지 엄마가 독립을 선언하였다. 노인대학도 다니고 홀로 시민권도 따고 교회생활도 열심히 하였다. 그러나 심장수술을 받고서는 서서히 건강이 나빠져서 결국에는 노인 요양병원에 들어갔다. 이런 이유로 나는 일 년에 한 번 씩 미국을 드나들었다. 그래서 이민자들의 삶을 자세히 들여다 볼 수 있었다. 어머니는 평양에서 서울로, 부산으로 피난하고 미국까지 가서 90세를 일기로 생을 마감하였다.

이민자는 비록 외양과 삶의 환경은 바뀔지라도 고국에서 타고난 생활 습관이나 정체성은 쉽게 버릴 수가 없는가 보다.

2014. 7. 17

세월호의 아픔을 기억하며

2014년 4월 16일 친구들과 청산도를 다녀오는 버스 안에서 뉴스를 들었다. 경기도 안산시 단원고 학생들이 제주도로 수학여행을 떠났다가 당한 참변이라고 한다. 수학여행 중이었으니 선생님으로부터 단체행동의 수칙에 대해서 얼마나 귀가 따갑도록 들었을까.

생사가 확인되지 않은 실종자가 58여 명이라 하니 그 또래 손자를 둔 할머니로서 마음이 여간 착잡한 것이 아니다. 가장 안타까운 것은 어른들의 지시를 잘 따른 학생들이 대거 희생되었다는 것이다. 진도 사고를 겪고도 아이들에게 "규칙을 잘 지켜야 한다."고 가르칠 수 있을까.

나 역시 학생들을 인솔하고 수학여행을 다녀온 경험이 있기에 더 마음이 아프고 그 상황을 이해하게 된다. 무책임한 어른들의 잘못이라고 말하기에도 부끄럽다. 앞으로 아이들에게 어떻게 가르치고 또 따르라고 할 것인가.

나라와 지역사회의 기둥으로 자라나야 할 학생들이 꽃도 피워보지 못하고 희생되었으니…. 그나마 끝까지 남아 승객을 구출하다 사망한 세월호 승무원 박지영 씨, 가까스로 갑판까지 올라갔지만 다시 아래층 객실로 내려가 제자를 대피시키다 사망한 남유철 교사 같은 어른이 없었다면 너무 절망적이었을 것이다.

명색이 선장이고 선원인 사람이 승객을 먼저 구하고 맨 마지막에 탈출해야 할 책임이 있다는 것을 몰랐단 말인가. 자기들만 살겠다고 가라앉은 배를 먼저 빠져나오다니. 팬티 바람으로 혼자만 비겁하게 탈출한 세월호 선장의 사진은 충격을 주었다. 도저히 이해할 수 없는 일이다.

세월호 침몰 사건은 무능한 선장의 과실로 발생한 초유의 사고로 기록될 것이다. 책임감이나 직업윤리 의식이 전혀 없다. 서양의 엘리트 계급이었던 타이타닉호 선장과 비교가 된다.

세월호 승객들의 목숨이 그냥 희생으로 잊혀서는 안 된다. 대한민국의 기본과 원칙을 바로 세워준 희생자로 영원히 기억해야 할 것이다. 세월호의 여진이 아직도 깊다. 마음이 녹아내린 사망자와 실종자 가족들의 절규가 하늘을 찌른다. 찬란한 신록의 탄생과 젊은 생명들의 참혹한 소멸이 엇갈려 살아 있는 자들의 가슴을 찢는다. 세월호 참사는 선장과 항해사들의 운항과실과 뺑소니가 원인이지만 청해진 해운과 관계 회사들의 운영 잘못과 직원 관리 소홀이 근본적인 원인이다.

"엄마가 숨이 끊어져도 넌 내 가슴속에서 영원히 함께할 거야."

"살아서 널 기다려 미안해. 오늘은 꼭 만나자!"

"마지막으로 엄마에게 온전한 모습을 보여주라."

세월호 참사로 실종된 자식을 여태 찾지 못해 가슴이 숯덩이가 된 부모들이 진도 팽목항 부둣가에 '밥상'을 차렸다. 엄마의 밥상은 그냥 밥상이 아니다. 사랑이자 눈물이고 소망이다. 서럽도록 출렁이는 바다 앞에 덩그러니 차려진 밥상. 그 속에 담긴 엄마의 염원이 무심한 하늘 저곳에도 닿았으면 좋겠다.

TV를 보는 모든 어른들은 아이들에 대한 죄책감과 미안한 마음, 안쓰러운 마음에 매일 눈물지었고 지금도 아픈 가슴을 부여안고 살고 있다.

방방곡곡을 수놓은 노란 리본의 물결은 5월의 꽃보다 아름답다. 노란 리본에 가장 많이 새겨진 말은 '미안하다', '부끄럽다' 이다. 어른의 말을 믿은 학생들을 사지에 내팽개쳤으므로 미안하다는 것이다. 또한 내가 서 있는 곳에서 최선을 다하지 않고 기본을 소홀히 해서 부끄럽다는 것이다.

모든 것은 기본을 충실히 하는 데서 시작된다. 작은 것이라도 기본과 원칙을 제대로 지켜 앞으로는 이런 엄청난 비극을 초래하지 않기를 바란다.

세월호 사망자들, 실종자들, 그들의 부모님들 위로합니다. 사랑합니다.

2013. 5. 5

영원한 청년 작가

✿

2013년 9월 25일 오후 7시 소설가 최인호 씨가 별세했다.

나는 1975년 『샘터』에 연재했던 「가족」이란 글을 통해서 그와 가까워졌다. 35년 동안 그의 가족사를, 그의 주변 이웃을 통해서 작가와 독자라기보다는 그의 친인척 같은 느낌으로 그의 글을 읽었었다. 이웃에 대한 이야기를 콩트식으로 잔잔하게 풀어낸 일종의 일기 형식이었다. 그의 아내와 딸 다혜, 아들 도단이의 이름도 낯설지가 않다. 작가는 연재하는 동안 환갑을 넘겼고 4살, 2살이던 딸 아들도 결혼해서 각자의 가정을 꾸렸다. 그들의 이야기를 읽으며 언제까지 계속될 것인가 궁금하기도 하였다. 「가족」을 읽으면서 남몰래 가슴속이 따뜻해짐을 느낄 수 있었다.

그는 나보다 3살 아래지만 힘든 유년시절을 겪은 것이 나와 비슷해 그의 글을 더 열심히 읽었는지도 모르겠다. '가족'을 통해 진심으로 배워야 할 것은 사랑이라는 것도 깨달았다. 그의 마지막 유언 역시 아내와 딸이 "I love you." 하니까 "Me too." 라고 하면서 세상을 떠났다.

그가 59세 때 4년 전 세상을 떠난 어머니를 그리워하며 쓴 자전적 가족소설 『어머니는 죽지 않는다』를 나는 미국에서 어머니 병간호하면서 읽었다. 어머니는 치매에 걸려 도우미 아주머니가 계란을 훔쳐갔다고 하고 서랍에서 돈을 훔쳐갔다고 떼를 쓰시며 나를 무척 힘들게 하던 때였다. 나도 어머니를 생각하며 무던히도 울었다. 하지만 지금은 하늘나라에 계신 어머니가 나의 가슴속에 영원히 살아있다. 가끔 어머니가 보고 싶으면 서재에 있는 책상 위에 사진을 보고 이야기를 하며 마음을 달랜다.

그는 가난이 안긴 열등감을 글쓰기로 이겨냈다. 그는 『별들의 고향』, 『고래 사냥』, 『깊고 푸른 밤』, 『겨울 나그네』로 유명한 소설가이며, TV 드라마 〈해신〉, 소설 『상도』 등 책 표지에 사진이 실린 최초의 작가로서 50년 세월 동안 100권이 넘는 책을 썼다.

그가 침샘암 투병 중 서울 대교구 서울 주보에 연재한 「말씀의 이삭」을 읽고 나는 깊은 감동을 받았다.

> "주님, 이 몸은 목판 속에 놓인 엿가락입니다. 그러하오니 저를 가위로 자르시든 엿치기를 하시든 엿장수이신 주님의 뜻대로 하십시오. 다만 제가 쓰는 글이 가난하고 고통받는 사람의 입속에 들어가 달콤한 일용할 양식이 되게 하소서. 우리 주 엿장수의 이름으로 바라나이다. 아멘."

죽음 앞에 선 두려움과 고통을 신앙으로 극복해 나가는 과정을 솔직하게 접한 연재 글은 나의 심금을 울렸다.

그의 글이 이처럼 나에게 깊은 울림을 주는 것은 그가 글을 잘 쓰는 작가로서의 능력에만 기인한 것은 아니다. 그것보다도 독실한 신앙인으로서의 삶을 살았다는 것이 더욱 중요하다.

그는 병마와 싸우면서도 신을 원망하지 않았다. 병상에서 마지막 순간엔

"주님이 오셨다."며 반겼다. 나도 그런 믿음의 소유자이기를 바란다.

그는 연재물의 일부를 올해 등단 50주년을 기념해 펴낸 산문집 『최인호의 인생』에 실었다. "내가 말했잖아, 환자로는 안 죽어. 작가로 죽겠다고 했잖아." 그의 다짐은 지켜졌다. 마지막까지도 새 책에 쓸 머리말을 준비 중이었다.

최인호는 작은 거인이다. 자식과 부인에 대한 지극한 사랑과 하느님에 대한 깊은 사랑, 작가로서의 자부심과 인간으로서의 멋진 모든 걸 다 갖춘 사람이라는 생각이 든다. 그는 해방둥이로 태어나 격동의 시대를 살면서 많은 글로 우리에게 감동을 주고 평생을 성실한 작가로 살았다. 나이를 먹어도 세월은 거꾸로 간다. 그래서 그에게는 '영원한 청년 작가'라는 애칭이 붙여졌나 보다. 그의 독자 팬의 한 사람으로 명복을 빈다.

2013. 10. 14

인생의 반전

❋

　　10월 29일은 결혼기념일이다. 해마다 기다려지는 날인데 올해
는 수술대에 올랐다. 오랫동안 무릎관절로 고생하다가 결단을 내렸다. 지금
은 100세 시대라는데 앞으로 여생을 좀 더 유쾌하게 살고 싶어 인공관절수
술을 받았다. '70세에 저 세상에서 날 데리러 오거든 아직은 할 일이 남아 못
간다고 전해라.' 요즈음 유행하는 가사가 나의 마음을 부추겼다.

　　40대 초반 ㅂ중학교에 근무할 때였다. 내가 수업하는 교실이 4층에 있고
교무실은 1층에 있었다. 지금처럼 엘리베이터가 있는 것이 아니라 2시간 수
업 끝나고 1시간 쉬고 4교시 수업하러 4층에 올라가고 점심시간이 끝나면
5, 6교시 수업하러 4층에 가고 또 자율학습 1시간 더하고 종례하러 올라가
면 하루에 4층을 다섯 여섯 번 씩 오르락내리락 거렸다. 그 당시는 젊어서
몰랐는데 시간이 흐르면서 무릎에 이상이 오기 시작했다.

　　그래도 교직을 천직으로 알고 열심히 근무했으나 명예퇴직제도가 생겨
첫 해에 용감히 교직 생활을 마감하였다. 남편도 학교에서도 조금만 더 참고
버티면 좋은 기회가 올 텐 데 아깝다 하였다. 오래 서있는 시간이 줄어드니
훨씬 무릎이 편하고 좋아졌다.

　　그러기를 20년이 흘렀다. 관절경 수술도 하고 아플 때마다 3번씩 주사를

맞았지만 별로 효험이 없어 의사선생님 지시에 따르기로 하였다. 선생님 말씀이 다른 부위는 건강하니 두 무릎 한꺼번에 수술을 하자고 하신다. 나 역시 한 쪽 무릎 수술하고 그 고통 잊을만할 때 또 수술하기가 겁이 나서 한꺼번에 하기로 결정하였다.

지금은 그 고통을 참아내느라 애를 쓰고 있다. 평상시에 걸어 다니는 것이 이렇게 고마운 줄을 몰랐다. 신체 어느 부위 고맙지 않은 것이 있으리오마는 무릎이 정말 고맙다는 것을 실감하며 보조기구를 사용하여 걷기 연습을 하고 있다. 보통 3, 4개월이 지나면 정상적인 생활을 할 수 있다는데 그러면 올겨울은 온전히 집에서 보내야 할 것 같다.

처음에는 간병인의 도움을 받고 집에서는 아주머니 도움을 받고 지금은 남편까지 가사 일을 돕고 있으니 주부인 내가 말이 아니다. 아무리 둘이 산다지만 딸 며느리 어느 식구 도움 안 받는 곳이 없으니 몸둘 바를 모르겠다. 어서 시간이 흘러 예전의 내 모습으로 돌아가고 싶다.

남편이 입원해 있을 때는 내가 간병인으로써 자부심도 가졌었는데 지금 나는 아무 도움도 안 되고 걱정만 끼치는 것 같아 마음이 무겁다.

12월이다. 내가 제일 가슴 설레고 좋아하며 기다리는 달인데 트리도 만들지 못하고 마음이 무거워 기도만 하고 있다가 생각을 바꿨다. 이번 기회에 크리스마스 트리와 리스도 바꾸고 카드도 쓰고 나니 마음이 훨씬 밝아졌다. 역시 마음이 움츠러들면 우울해질 것 같아 마음을 밝은 쪽으로 바꿨다. 카드 아홉 장을 쓰고 나니 지난 일 년이 스쳐가면서 내년의 희망도 솟아난다.

감정이 가라앉으면 집안 분위기도 우울해져서 앞으로는 계속 밝은 마음으로 고통도 이겨내리라. 컴퓨터에 앉아 있는 것도 수술 후 처음이다. 예전의 내 모습으로 돌아온 것 같아 기분이 좋다. 내년에 봄나들이할 생각으로 긴 겨울잠을 잔다고 생각하자. 친구들 보고 싶은 것도 잠시 보류하자. 친구들은 연말이라고 여기저기서 전화하지만 꾹꾹 참았다가 보면 더 애틋하지 않을까.

2015. 12. 18

손녀와 할아버지

채영이는 우리 부부의 첫 번째 손녀다. 손주가 태어나던 날을 지금도 기억하고 있다. 딸아이가 한참 배 아파하며 몸을 뒤틀 때는 세상에 빛을 보리라는 기대조차 없었다. 그러나 엄마 뱃속에서 한껏 크고 나온 아이는 태어나자마자 목을 가누며 큰 눈을 움직였다. 그러던 2살짜리 아이가 자기의 조그만 의자에 앉아 종이접기를 하면 한 시간여를 움직이지 않았다.

손녀는 어려서 남자아이 같다는 소리를 들을 만큼 그렇게 예쁘지 않았지만 남편은 꿋꿋하게 머리가 좋은 아이라는 등 귀티가 나 보인다는 등의 이야기를 하며 주위의 빈축을 사곤 했다.

남편은 만혼이었고 그래서 손주도 남들보다 늦었다. 61세에 첫 번째 손녀를 안게 되었다. 손녀와 할아버지는 둘 다 돼지띠다. 딱 60년의 차이를 갖게 된 것이다. 그래서인지 둘의 사이는 각별하다.

딸네는 사위가 영국주재원으로 발령받아 영국에서 생활을 시작하였다. 채영이는 영국에서 사는데도 영어가 늘지 않아 지 에미와 내 마음을 애태웠다.

하지만 남편의 교장실에 들어가니 탁자 밑에 손녀와 영국에서 찍은 사진이 있었다. 평소에 말이 없는 사람이 채영이에게는 아무것도 따지지 않는 사랑을 하고 있었음을 알았다.

딸은 연년생으로 아이를 두었다. 귀국한 딸은 2명이나 유치원 보내기가 버겁다며 어린이집으로 보내 버렸다. 나는 그런 딸아이가 마땅치 않았다. 하지만 제 부모가 하는 일이라 간섭할 수가 없었다. 다만 조심스럽게 영어학원에 보내주겠다고 제의했다. 딸은 쑥스러워하며 고맙게 내 마음을 받아 주었다.

그렇게 시작된 큰 손녀의 공부는 초등학교에 들어가며 스스로 빛을 발하기 시작했다. 엄마가 다시 직장에 나가 본인도 적응하느라 아이를 차근차근 돌봐주지 못하였다. 월요일 아침에는 필요한 것을 담은 가방을 앞뒤로 메고 발갛게 상기되어 들어오던 우리 꼬맹이 모습이 지금도 눈에 선하다.

그동안 채영이와 그 동생은 우리 부부의 보살핌을 받으며 자랐다. 5학년이 되자 저희 스스로 학교생활과 학원에 다니겠다고 선언하였다. 그만큼 자립심이 강하고 똑똑한 아이였다. 그 점이 할아버지 마음에 들었나 보다.

채영이는 초등학교 6학년 때 전교어린이회장 선거에 나갔다. 부모의 힘을 빌리지 않고 친구들과 힘을 합쳐 선거운동을 하고 플래카드도 만들어 부회장으로 당선되었다. 그렇게 큰 아이는 청심 국제 중학교에 입학했고 6년의 결실을 맺어 어려서부터 원하던 서울대학교 경제과에 입학했다.

채영이의 수시모집 자기소개서에 '고등학교 재학기간 중 지적 호기심을 가지고 학업능력을 향상시키기 위해 노력한 점을 기술하라'는 내용이 있었다.

첫째 나는 경제문제가 시장 경제 상황에서 개인의 합리적 행동을 예측하는 하나의 게임처럼 느껴졌다. 선택에 따른 비용 및 편익을 따져보는 일련의 과정은 가장 좋아하는 과목인 수학과 더불어 논리적이면서도 사회 변수를 다각적으로 고려해야 한다는 점에서 매력적이었다. 그래서 학교 경제 수업도 누구보다도 성실히 참여하였다.

둘째 내가 경제학의 기본 전제에 대해 생각해 본 계기가 고2때 허리디스크로 병원에서 권한 18만 원짜리 치료를 받은 것이다. 그 치료는 동네 의원보다는 효과가 좋았지만 18만 원 이상의 편익은 누릴 수 없었다. 그러나 실손 보험에 가입한 덕분에 두 치료를 같은 가격에 이용할 수 있었던 상황에서 사회적 순 편익과 개인적 순 편익 중 무엇을 선택해야 하는지 고민하게 되었다.

고민할수록 나는 경제학이라는 게임이 훨씬 복잡하다는 사실을 깨달았고 그동안 경제학을 피상적으로만 공부했다는 반성이 들어 원론부터 심층적으로 공부하고 싶어졌다.

셋째 키워드로만 배웠던 각종 이론을 『국부론』, 『자본론』 등의 청소년판을 통해 읽어보니 핵심 전제와 사물 및 현상에 대한 정의를 문맥 속에서 구체적으로 파악할 수 있었다.

또한 경제이론에 관해 자세히 알고자 전문 경제서를 읽는 과정에서 다양한 주체들의 행위를 논리정연하게 수식으로 풀어내는 경제 수학에 호기심이 생겼다. 비록 고등학교 수준에서는 어려웠지만 수식을 적은 메모를 하루 종일 들고 다니며 생각해 보면서 어느 정도까지는 이해할 수 있게 되었다.

나는 이것을 읽어 보고 채영이가 6년 동안 진로 선택에 얼마나 고심하였는

지 알 수 있었고 생각이 논리정연하다는 생각이 들었다.

면접 보러 가는 날 할아버지가 핸드폰으로 문자를 보냈다.

"너는 운을 잘 타고난 아이다. 대학에 꼭 합격할 것이다. 너는 나와 같은 돼지띠니까."

손녀가 답을 하기를 "할아버지, 감사해요. ㅋㅋㅋ."

이처럼 둘의 사이는 돈독하다.

남편은 옛날에는 지금처럼 서울대학교 가기가 어렵지 않았다고 말하곤 했다. 그래서 딸아이는 어려서 서울대학교는 웬만하면 가는 줄 알았다고 했다. 그러나 남편의 속마음은 자식들이 자기 뒤를 이어 주기를 원했으나 이루지 못하자 손녀에게 기대를 했던 것 같다.

남편은 손녀의 수시합격을 위해 쓴 자기소개서를 보면서 자기관리가 투철하고 리더십이 강하고 프리테이션 능력이 뛰어난 아이라고 하였다. 자기가 심사를 했어도 합격권 안에 들 것이라 하며 본인의 일처럼 기대를 했었다. 그런데 그것이 적중하여 기쁨이 배가되었다.

드디어 남편은 손녀와 동문이 되어 또 하나의 인연을 맺었다.

2014. 3. 11

둘째 손녀의 입학

둘째 외손녀가 대학에 입학했다. 연년생인 제 언니는 공부를 무척 잘했다. 항상 찬사와 영광이 뒤따랐다.

작은 손녀는 언니보다 키가 작고 어려 보이고 학업성적도 그닥 뛰어나지 않아서 빛을 보지 못했다. 예쁘고 모양내기 좋아하고 활동적이어서 집안에서 귀여움을 독차지했으나 언니를 이기지는 못했었다. 어려서는 책 읽기를 싫어하고 자전거 타기를 좋아하고 친구들과 놀기를 좋아하던 아이였다.

그러던 녀석이 고등학교에 진학하면서 조금씩 변하기 시작했다. 낑낑대며 나름 열심히 하는 눈치였다. 수능에선 어려서 책을 읽지 않은 보답(?)으로 역시 국어와 탐구과목은 성적이 좋지 않았으나 제가 좋아하던 수학과 영어는 만점을 받아냈다. 진학상담을 하던 딸과 사위는 고민을 많이 하는 눈치였다. 수시에서 다 떨어져 상심을 많이 했지만 다행히 정시에서 적성에 맞는 과를 선택하여 합격을 했다.

오늘 손녀가 할아버지 할머니에게 인사를 하러 왔다. 그 아이를 보는 순간 영국에서 살 때 기저귀 차고 뒤뚱뒤뚱 걸으며 넓은 풀밭에서 제 언니랑 뛰놀던 모습이 떠올랐다. 그런 아이가 자라서 커다란 관문을 통과한 것이 마냥 신기하게만 생각이 되었다.

또한 유치원 재롱잔치 때 예쁜 드레스 입고 발뒤꿈치를 들고 무대 위를 뛰어다니던 모습이 사랑스러워 눈물이 났던 기억도 났다. 제 어미가 학교 출근하면 가방 메고 우리 집에 와서 아침을 먹고 학교 가던 일, 준비물을 잊고 가면 부리나케 학교로 달려가던 일, 점심 식사 당번이면 엄마 대신 학교 가서 점심 봉사하던 일, 방과 후에 시간 맞춰 학원 보내던 일 등 모든 것이 파노라마처럼 스쳐 갔다.

그렇지만 난 아직도 책 읽기는 왜 그렇게 싫어했는지 알 수가 없다. 차분히 책상에 붙어 있지 못해서 그런 것일까. 같은 부모 밑에서 자랐는데 어찌 그리 성향이 다른지 알 수가 없었다. 하지만 제 아버지 유전인자를 받아서인지 두 아이가 수리에 밝고 경제관념이 좋더니만 결국 제 언니처럼 경제과로 진학했다.

둘째는 예쁘고 살결이 하얗고 곱다. 보는 사람마다 언니보다 시집을 잘 갈 수도 있을 거라고 한다. 사람들은 너무 똑똑한 여자보다는 예쁜 여자가 먼저 선택을 받는다고도 한다. 사실 제 부모도, 나도 예쁜 우리 둘째 손녀가 잘살 거라는 속내를 숨기지 못한다. 책상에 붙어 있기를 힘들어했던 우리 손녀 서영이가 이제 새로운 시작을 펼치려 한다. 우리 가족들과는 성향이 아주 많이 다른 그 아이가 어떻게 제 꿈을 펼쳐 나갈지 자못 기대가 된다.

사랑스러운 손녀 서영아, 너의 20대 청춘을 마음껏 펼치거라. 이 할머니가 응원한다.

2015. 2. 22

할아버지께

❀

2013년 어버이날에 손자로부터 카드를 받았다. 해마다 받는 카드지만 항상 가슴 설레고 기다려진다. 중학교 3학년이고 키가 180cm나 돼서 카드 쓰는 것이 부담스럽지 않을까 생각했지만 그 바쁜 와중에서도 카드를 쓴 마음이 너무 고마웠다. 공부와 운동(사격)을 병행하느라 무척 힘들 텐데.

손자는 책 읽기를 좋아해서 그 방면으로 가지 않을까 했는데 체육 선생님이 그의 장점을 살려 운동을 시키는 게 어떠냐고 해서 열심히 하고 있다.

첫 출전을 앞두고 제 어미가 건강을 챙기느라 애쓴다. 더불어 우리도 보양식을 먹었다. 아이들의 장래 희망은 몇 번씩 바뀌지만 현재 손자가 좋아하니 나는 마음속으로 응원하고 있다.

할아버지 할머니께

할아버지 할머니 제가 태어나게 해 주셔서 감사드려요. 어렸을 때는 그저 카네이션 달아드리고 어버이 은혜(?)라는 노래 부르는 날인 줄 알았던 어버이날이 제가 좋아하는 운동을 하면서 좀 색다르게 느껴졌어요. 좋아하는 운동을 전문적으로 하게 되자 힘들기도 했지만 그냥 즐거웠어요. 그런 즐거움이 만약 제가 이 세상에 없었다면 느끼지도 알지도 못했을 것 같아요.

　부모님이 낳아주셨지만 부모님을 낳아주신 할아버지 할머니가 안 계셨다면 그다음도 없었겠지요. 굳이 절 낳아주신 것만 따지지 않더라도 사랑해주시는 것, 믿고 기다려 주시는 것 등 내 아들, 딸, 손자, 손녀가 아니라면 가질 수 없는 그런 따뜻함으로 절 감싸 주신 것도 또 하나의 감사할 점인 것 같아요. 언제나 제 곁에서 절 응원해 주세요.

준석이가

　손자를 가끔씩 보는 것이 아쉽지만 제가 좋아하는 일을 하면서 이 세상을 살아간다면 얼마나 행복할까. 옛날에는 화이트칼라를 선호했지만 지금은 제가 하고 싶은 일을 하면서 살아가는 것이 행복하다고 하지 않는가. 아직은 갈 길이 멀지만 그의 앞길을 위해 내가 할 일은 기도뿐이다.

　준석아 사랑한다.

2013. 5. 27

통곡의 필리핀

❁

     초강력 태풍 '하이옌'의 최대 피해 지역인 필리핀 중부 타클로 반에서 이재민들이 구호 식량을 받기 위해 줄을 서 있다. 세계 각지에서 구호 단체들을 급파했으나 그곳으로 통하는 주요 도로가 대부분 파손된 상태여서 현장 접근에 어려움을 겪고 있다. 필리핀 정부는 태풍으로 인한 실종자가 1만 2,500명이 넘는다고 밝혔다.

     타클로반의 해안에는 극빈층이 수상가옥을 짓고 살고 있다. 나무 기둥을 대여섯 개를 세워 대나무를 깔고, 그 위를 양철 지붕이나 풀을 엮어 얹는다. 강풍 앞에선 속수무책인 허약한 집이다. 그래서 해안가에 있는 빈민들의 피해가 컸다.

     20만 명이 살았다던 도시는 재앙 속으로 사라졌다. 필리핀 중부 레이테 섬의 최대 도시 타클로반. 초강력 태풍 '하이옌'이 휩쓸고 간 자리에는 죽음의 흔적만이 남아 있었다. 산산이 조각난 건물 잔해 밑에 시신을 핥고 있는 개들도 보였다. 어디가 도로였고 어디가 집이 있던 자리였을까?

     살아남은 이들은 암흑 같은 기다림이 또 짓누른다. 그 운명을 알아챈 듯 아빠 목말을 탄 꼬마 숙녀는 보채질 않는다.

     타클로반을 벗어나려는 주민들이 타클로반 공항에서 군의 수송기를 기다리고 있다. '폐허도시'를 탈출하려 공항에 몰려든 수천 명 중 수백 명만이 비행기에 올라탔다.

필리핀은 6·25 전쟁 때 7,420명을 파병한 한국전쟁 참전국이자 이후에도 1970년대까지 한국을 경제적으로 지원한 나라였다. 더욱이 우리나라 정부가 수립되자 1949년 세계에서 5번째로 우리나라를 승인할 정도로 우리를 도와준 국가이다. 우리가 어렵던 시절 서울의 장충체육관을 지을 때도 큰 도움을 줬다. 지금이야말로 필리핀 국민을 돕기 위해 우리들의 온정이 담긴 성금을 바칠 때라 생각한다.

국내 주요 기업과 사회단체, 의료계가 초대형 태풍 '하이옌'으로 극심한 피해를 당한 필리핀 돕기에 적극 나섰다. 성당에서도 2차 헌금을 했다.

필리핀은 또 우리나라를 '사위의 나라'라고 부른다. 우리나라 남성과 결혼한 필리핀 여성이 1만 5,000명에 달한다. 이들은 '고국에 희망을' 눈물로 호소하고 있다. 이제 우리가 필리핀에 진 빚을 갚을 때다. 6·25 전쟁 때 우리나라도 참상은 이와 비슷했다.

태풍 '하이옌'은 지속적인 지구온난화로 해수면이 상승한 기상 이변 탓이라고 한다. 미국의 허리케인이나 일본의 쓰나미나 중국의 대지진을 보고 재빨리 손을 걷어붙일 때와는 상황이 사뭇 다르다. 고난에 빠진 이웃을 향한 사랑을 보여줘야 할 때이다.

유니세프 국제친선 대사인 피겨 선수 김연아가 필리핀 태풍 피해 긴급 구호기금으로 10만 달러(약 1억 680만 원)를 유니세프 한국위원회에 전달했다고 한다. 올림픽 피겨 여왕의 마음이 더욱 빛났다.

필리핀 구호 경쟁 뒤엔 미국, 중국, 일본의 파워게임이 보인다. 70년 전 침략자 일본이 필리핀에 구호 천사를 보냈다. 타클로반의 한 주민은 "우리 지역에 구호팀이 온 것은 자위대 의료팀이 처음"이라고 했다. 또 다른 주민은 인터뷰에서 "어릴 때 할머니가 과거 전쟁 때 일본인들이 매우 무서웠다고 했지만 지금 일본 군대(자위대)의 구호 활동에 대해선 부정적인 느낌이 별로 들지 않는다."고 말했다.

세월이 흐르면서 윗세대들의 감정과 자라나는 세대들의 생각의 차이를 어떻게 좁혀야 할지?

2013. 11. 22

가난한 이 섬기는 목자

바티칸 성 베드로 성당 발코니에 새로운 교황이 나타났다. 광장에 모여 환호하는 수천 명의 사람 앞에 선 교황은 "형제자매 여러분, 좋은 저녁입니다."라며 인사했다. 그는 아르헨티나 출신 호르메 마리오 베르골리오 추기경으로 이날 오후 새 교황으로 선출되었다. 1,282년 만에 비유럽 출신 교황이다.

그는 교황명으로 '프란치스코'를 선택해 앞으로 '프란치스코 교황'으로 불리게 되었다. 교황이 자신의 이름으로 정한 '프란치스코'는 전쟁을 반대하고 가난한 이들을 위한 삶을 살았던 성인의 이름이다.

새 교황은 교황이 세상을 떠나면 선출된다. 그런데 이번에는 전임 교황 베네딕토 16세가 지난달 28일 스스로 교황에서 물러났다. 교황이 자진 사임한 것은 598년 만에 처음이다.

그렇다면 교황은 어떤 과정을 통해서 선출될까?

교황은 '콘클라베'라는 회의에서 뽑는다. '콘클라베'는 전 세계 추기경들이 모여 교황을 선출하기 위해 여는 비밀투표 회의를 말한다. '콘클라베'의 뜻도 라틴어로 '열쇠를 잠그다'라는 뜻으로 실제로 콘클라베가 열리는 바티칸의 시스티나 성당은 이 기간에 봉쇄된다.

첫날 오후에는 한 번 투표하고, 이튿째부터는 오전 오후 각 두 차례씩 하루 네 번 투표한다. 전체 투표 참가자 가운데 3분의 2 이상의 표를 얻은 사람이 나올 때까지 투표는 계속된다.

투표를 알리는 방법이 재미있다. 투표가 끝나면 투표용지를 태워 시스티나 성당의 굴뚝을 통해 연기를 내보낸다. 이 연기의 색이 검은색이면 아직 교황이 선출되지 못했다는 뜻이다. 하지만 흰색 연기가 나면 새 교황이 선출되었다는 뜻이다. 콘클라베는 평균 3일 정도가 걸린다.

제266대 교황을 뽑는 이번 투표에는 115명의 추기경이 참가했다. 우리나라에서는 정진석 추기경이 참석했다. 지난 12일 첫 투표, 13일 오전, 오후 네 차례 투표 등 총 다섯 차례 투표를 통해 새 교황이 선출됐다. 13일 저녁 7시 6분 시스티나 성당 굴뚝에 흰 연기가 피어오르자 베드로 광장에 모여 있던 사람들은 "우리에게 교황이 생겼다."며 환호했다.

이번에 선출된 프란치스코 교황은 최초의 라틴 아메리카 출신이다. 이탈리아 출신 철도 노동자의 아들로 태어난 그는 청렴하고 검소한 삶을 살아왔다. 대주교가 된 이후에도 대주교 관저가 아닌 작은 아파트에서 혼자 살았고 버스와 지하철 등으로 출퇴근했다. 추기경이 된 이후에도 새 옷을 마다하고 전임 추기경의 옷을 물려받아 입었다.

첫 예수회 출신 교황이며 정통 교리에 충실한 원칙파이며 동성 결혼, 낙태, 안락사를 반대했다. 교황명 프란치스코는 중세 이탈리아 아시시의 성인 프란치스코(1181~1226)를 딴 것이다. 또한 예수가 십자가에 못 박혔을 때 생긴 상처인 '성흔'이 만년의 프란치스코 몸에 나타난 것으로 유명하다. 그

199

의 '평화의 기도'는 비 가톨릭 신자에게도 잘 알려져 있다.

> '주여, 나를 평화의 도구로 써 주소서.
> 미움이 있는 곳에 사랑을
> 다툼이 있는 곳에 용서를'

로 시작하는 것이다.

교황명은 교황이 선출된 후 행하는 첫 결정이다. 전 세계 12억 가톨릭 신도에게 교황의 교도 지침을 선언하는 의미를 담고 있다.

교황은 프란치스코 성인의 소박하고 겸허한 삶을 따라 가난한 사람들의 친구가 되겠다는 메시지를 전한 것이다. 신임 교황은 교황으로 선출된 이후 자신이 묵었던 호텔에 직접 들러 짐을 챙기고 숙박비를 계산했다. 교황은 성 베드로 대 성당에서 숙소로 돌아가면서 다른 추기경들과 함께 소형 버스에 탑승했다.

새 교황은 신자들과 첫 만남에서부터 자신을 위해 하느님의 축복을 빌어 달라고 고개를 숙이는 등 겸손하고 소탈한 모습을 보여 세계를 감동시켰다. 교황이 거룩한 교회를 잘 이끌어가면서 어두운 세상에 빛과 희망을 안겨 주길 마음 모아 기도한다.

2013. 3. 24

5부

세 맏딸 달팽이들의 여행

설날 자녀들로부터 세배받는 모습

2008/01/01

수영장 친구들과 유엔공원에서

사격 연습하는 손자

세 딸 달팽이들의 여행

부산 나들이

❋

　매화, 산수유, 개나리, 벚꽃 등 봄의 전령들이 앞다투어 피니까 내 마음속에서도 용틀임이 일고 있다. 친구들과 1박 2일 일정으로 부산행 KTX를 탔다. 네 사람이 마주 앉아 소곤소곤 얘기를 하다 보니 목적지에 닿았다.

금정총림 범어사

　대한불교 조계종 14교구 본사로서 10개의 산내 암자와 200여 개의 산외 말사로 이루어진 영남 3대 사찰 중 하나다. 신라 문무왕 18년(678년) 의상대사의 화엄사찰華嚴十刹 중 하나이며 화엄경의 이상향인 화장세계 구현과 왜구를 막는 호국 사찰로 창건되었다.

　구한말에는 선풍禪風 진작을 통한 민족 불교 운동의 구심점으로서 선찰대본산禪刹大本山이 되었고, 1919년 3.1 독립만세 운동 때는 범어사 학림의거學林義擧를 주도하는 등 항일 운동을 펼쳤다.

　1950년대는 동산東山 대종사가 주도하는 불교 정화 운동의 중심지로서 한국 근대 불교사에 큰 족적을 남기는 등 수많은 고승들을 배출하면서 오늘의 종합수행 도량인 총림叢林으로 발전했다.

누리마루 APEC 하우스

누리마루 APEC 하우스는 순수 우리말인 누리(세계) 마루(정상)와 APEC 회의 장소인 APEC 하우스를 조합한 명칭으로 '세계 정상들이 모여 APEC 회의를 개최한 장소'라는 의미를 지니고 있다.

이곳 누리마루 APEC 하우스에서 2005년 11월 19일 아시아 태평양 21개국 지역 정상들이 모여 APEC 정상회의와 오찬을 가졌다. 이곳을 방문한 각 정상들은 누리마루 APEC 하우스를 최첨단 시스템, 고품격 서비스, 한국 전통의 고유한 아름다움을 겸비한 최고의 회의장이라고 극찬한 바 있다.

현재 이곳 누리마루 APEC 하우스는 국내뿐만 아니라 세계 각국 여행자들이 방문하고 있는 부산의 대표적인 명소로 자리 잡고 있다.

건물은 한국전통 건축인 '정자'를 현대적으로 표현하고 있으며 동백섬을 형상화한 지붕이라고 한다.

국제시장

부산 피난 시절을 생각하며 입구에 들어서니 그 옛날에 모습은 볼 수 없고 야시장이나 광장 시장 같은 느낌을 받았다. 그러나 '꽃분이네' 가게를 찾았다. 영화 장면이 떠오르며 울컥한 감정이 일었다. 깡통가게는 아니고 다른 물건이 전시되어 있었다. 아쉬운 마음에 돌아서려는데 '꽃분이네'라는 컵이 보여 이거라도 간직하려고 샀다. 물론 사진도 한 장 찍고.

해동 용궁사

해운대 달맞이 고개를 경유해서 기장 해동 용궁사로 이동하였다. 용궁사는 1376년 공민왕의 왕사였던 나옹화상의 창건으로 한국 삼대 음성지의 한 곳이다. 바다와 용과 관음대불이 조화를 이루어 그 어느 곳보다 신앙의 깊은 뜻을 담고 있다.

진심으로 기도를 하면 누구나 꼭 현몽을 받고 한 가지 소원을 이루는 영험한 곳이다.

UN 기념 공원

유엔에서 지정한 세계 유일의 성지. 유엔 기념공원을 잘 관리하는 것은 대한민국의 국제적 위상을 높일 뿐 아니라 관련국과의 외교 관계에도 초석이 된다. 유엔공원 묘지는 유엔이 영구적으로 관리하기로 유엔 총회에서 결의했다. 한국 전쟁 중 유엔 참전국은 전투 지원 16개국. 미국, 영국, 터키, 캐나다, 호주, 프랑스, 네덜란드, 뉴질랜드, 남아공, 콜롬비아, 그리스, 태국, 에티오피아, 필리핀, 벨기에, 룩셈부르크다. 의료지원국은 5개국. 노르웨이, 덴마크, 인도, 이탈리아, 스웨덴이다.

동백섬

동백섬에는 가수 조용필의 "돌아와요 부산항에" 노래 가사처럼 동백꽃이 많이 피었다. 퇴적 작용으로 육지와 연결되어 있지만 아직도 동백섬으로 불리고 있다. 동백섬이라는 이름이 붙은 이유는 말발굽에 차일 정도로 동백꽃이 지천으로 핀다는 데서 유래된다. 이곳은 현재 공원으로 조성되어 있다.

해운대 해수욕장에서 탁 트인 바다를 바라본다. 여름에는 젊음과 낭만 그리고 화려함이 넘실대지만 3월의 해운대는 사람 없이 바닷물만이 출렁이고 있다. 대한 팔경의 하나로 꼽히는 해운대에서 해변 산책을 했다.

오륙도

오륙도는 부산시 용호동 앞바다에 위치한 바위섬으로 육지인 승두말(잘록개)로부터 방패섬, 솔섬, 수리섬, 송곳섬, 굴섬, 등대섬 순으로 가지런하게 늘어서 있다.

오륙도는 부산을 대표하는 랜드마크로서 아름다운 경관과 더불어 부산의 다양한 모습을 상징적으로 보여준다. 용두산 공원에서 바라본 오륙도를 이렇게 가까이 보다니 감회가 새롭다.

자갈치 시장

오이소! 보이소! 사이소! 부산의 대표적인 시장. 개항 당시 자갈이 많은 곳에 시장이 생겨서 자갈치 시장이라고 한다. 동남아시아 최대의 어시장. 나는 건어물 가게에서 조기, 쥐치포, 오징어를 샀다.

수영장이 보수공사로 열흘을 쉬는 동안에 수영장 친구들과 잊지 못할 추억을 쌓았다. 시간과 건강이 허락하는 한 나는 또 찾아 나설 것이다.

2015. 3. 30

남한산성 순교성지

❋

　　단풍이 절정으로 치닫던 10월의 마지막 날. 나는 마리아, 안젤라와 함께 남한산성을 향했다. 우리는 레지오를 함께 했던 단원끼리 석 달에 한 번씩 모여 신앙생활과 그간의 삶을 반추하면서 우의를 다지고 있다. 그런데 오늘은 아픈 사람, 여행 중인 사람, 갑자기 사정이 생긴 사람이 있어서 셋이서만 만났다.

　　각양각색의 가을 단풍이 우리 마음을 풍요롭게 해 주었다. 도착 즉시 안젤라가 전에 와 본 적이 있는 행복이 가득한 작은 '재 넘어 주막'으로 들어섰다. 음식 맛이 입에 딱 맞았다. 이 집 주인이 문인이라 더욱 친근감이 들었다.

　　남한산성은 여러 번 다녀왔다. 동창생들과 수어장대로 산행도 했고 연말에는 친구들과 송년파티도 했으며 문우들과 만해 기념관에도 들렸었다. 그때마다 성지를 찾아보지 못한 것이 못내 마음이 걸렸다. 다행히 오늘은 교우들이라 뜻을 같이했다. 가까이에 '수원교구 50주년' 현수막과 '순교자 현양비'가 보인다.

　　성모상 앞에서 촛불을 밝히고 조용히 하느님의 음성을 들어 보려고 귀 기울여 본다. 오늘이 화요일이라서 오후 1시 30분에 있는 '음악과 함께하는 성체 강복' 미사에 참석할 수 있었다. 산행에 미사까지 볼 수 있는 특별한 은총을 받았다.

남한산성 성지 순교 역사를 살펴보았다. 광주 지역은 삼국시대 이래로 지리상 요충지였으며, 조선 중기인 1577년(선조 10년)에 광주부가 설치되어 지방관인 부윤府尹(종2품)이 상주하다가 1623년(인조 1년)에 유수부로 승격되면서 경관인 유수留守(정2품)가 파견되었다. 1636년의 병자호란 이후 한때 부윤으로 복구되었다가 1750년(영조 26년)에 다시 유수부로 승격되었다.

현재 경기도 광주시 중부면에 속해 있는 남한산성은 한양의 군사적 요지로 1595년(선조 28년)에 현재와 같은 성곽이 축조되었고 1621년에 대대적인 개축공사가 있은 뒤 1626년(인조 4년) 광주 유수의 치소와 마을이 성안으로 이전되었다.

이처럼 광주 유수의 치소가 이전되면서 남한산성은 천주교 박해와 밀접한 관련을 맺게 되었다. 박해 때마다 여러 곳에서 천주교 신자들이 이곳으로 끌려와 순교함으로써 잊을 수 없는 '순교 터'가 되었다.

이미 최초의 박해인 신해박해(1791년) 때에는 신자들이 남한산성에 투옥되었다는 전승이 내려오고 있다. 신유박해(1801년)에는 이곳에서 최초로 순교자가 탄생하였다. 이어 기해박해(1839년)와 병인박해(1866년)에 이르기까지 300명에 달하는 천주교 신자들이 순교하게 되는데, 불행히도 그 행적과 성명을 알 수 있는 순교자들의 수는 극히 적다.

우리 신앙의 선조들은 갖은 형벌을 당한 뒤에 칼로 목을 베는 참수斬首, 목을 매어 죽이는 교수絞首, 때려죽이는 장살杖殺 등 여러 가지 사형으로 영광의 순교를 얻었다. 특히 병인박해 때에는 너무 많은 신자들이 잡혀 오자, 형을 집행하는 포졸이나 군사들마저도 피를 보는데 진저리를 내고 새로운 사형 방법을 생각해냈다. 이것이 바로 어느 법전에도 나타나지 않는 백지사白紙死였다. 이것은 사지를 묶고 얼굴에 물을 뿌린 뒤에 한지를 덮는 일을 거듭하여 숨이 막혀 죽도록 하는 방법이다. 그 고통이 얼마나 컸겠는가는 미루어 짐작할 수 있다.

남한산성은 이와 같이 고통 속에서도 진리를 증거 하면서 예수 그리스도와 함께 신앙 선조들의 넋과 진토가 스며있는 곳이다. 그럼에도 불구하고 우리 후손들의 무관심 때문에 지금까지 버려져 온 점 죄송하기 이를 데 없다.

우리 모두 관심과 기도로써 그분들의 순교 신심을 자발적으로 현양하고 고귀한 순교 정신을 후손들에게 물려 줄 수 있도록 노력해야 할 것이다.

2012. 11. 3

예술의 도시, 프라하

체코는 1968년 프라하의 봄, 벨벳혁명으로 민주화 운동을 거쳐 1989년 공산주의 체제를 마감하고 자유민주주의 체제로 전환한 자주성이 강한 나라다. 유럽의 중앙에 위치한 탓으로 보헤미아 왕국, 합스부르크, 오스트리아, 헝가리 제국시대를 거치면서 다채로운 전통을 쌓게 되었다.

동유럽의 보석으로 알려진 프라하는 체코의 수도이다. 1000년 역사의 도시답게 중세모습을 그대로 간직하고 있어 유네스코가 세계문화유산으로 지정한 도시이다. 또한 스메타나, 드브르자크 등, 대 작곡가와 카프카와 같은 문호를 배출한 역사와 문화, 예술의 중심지이기도 하다.

밤에 돌아본 프라하는 왜 많은 여행객들이 그렇게 프라하를 좋아하는지 알게 해주었다. 프라하는 어느 곳을 가도 중세의 멋진 모습이 숨 쉬고 있는 도시이다. 아무 곳이나 카메라 렌즈에 담아도 예쁜 엽서가 되는 풍광을 갖고 있다.

체스키크롬로프 성

체코 프라하에서 남쪽으로 약 150km떨어진 곳에 위치한 이 성은 유럽에서는 가장 아름다운 중세도시의 하나로 유네스코에서 지정한 세계문화유산

지이다.

구시가지에 들어서면 마치 동화속의 성을 찾아가는 듯한 착각을 일으킨다. 붉은 기와지붕으로 이어진 중세풍의 건물들과 체스키크롬로프 성 특유의 아름다움을 멀리 볼 수 있다.

프라하의 명물 '트램'

프라하 시내를 종횡으로 달리는 트램을 타고 현지인들의 여러 삶의 일단을 잠시나마 엿보았다.

'프라하 성'과 구 시가지를 잇는 카를교

프라하 성은 16세기 말까지 보헤미아 왕가의 궁전이었다. 현재는 대통령궁으로 사용되고 있다. 위에서 바라본 프라하의 전경은 빨강 지붕에 묻힌 동화 속 그림 같다. 카를 4세가 1406년에 완공한 당시 토목기술의 정화로 알려졌다. 유럽에서 가장 아름다운 다리의 하나로 프라하의 낭만을 만끽할 수 있는 곳이다. 중앙에 있는 성 네포무크 상의 부조에 손을 대고 소원을 빌면 그대로 이루어진다는 전설이 있어 나도 소원을 빌었다.

옛 시가지 광장

옛 시가지의 중심에 있어 관광객이나 거리 예술가 등의 많은 사람들이 항상 붐비는 곳이다. 광장 한 가운데에는 중세 보헤미아의 종교 개혁가 안 후스의 동상을 비롯하여 옛 시청사 및 황금 장식으로 만들어진 틴 교회 등이 자리 잡고 있다. 매시 정각이면 울리는 천문시계 앞에 서니 어김없이 종이 울렸다. 나는 종탑까지 올라가 시가지를 내려다보았다. 그러나 구시가지 카페에서 커피 한 잔 할 여유가 없음이 안타까웠다.

　프라하 관광은 관광버스의 진입이 금지되어 장시간을 걸었다. 그러나 아름다운 야경을 친구들과 함께 한, 칠순 여행이어서 오래도록 뇌리에서 사라지지 않을 것이다.

2010. 9. 26

화엄사의 인연 따라

　뜻밖의 소식이다. 선운사, 청보리밭, 미당 문학관을 가기로 예약했는데 성원이 차지 않아서 화엄사와 곡성 기차마을로 간다는 연락을 받았다. 모임에서 결정하고 총무가 추진하며 나 역시 확인했는데 출발 전날 이런 연락이 온 것이다.

　나는 회원들에게 연락을 하려다 이왕 떠나기로 한 것 장소 변경으로 인하여 마음을 미리 불편하게 할 필요가 없다고 생각이 들어 버스 타기 직전에 얘기했다. 그들이 무척 당황하리라 여겼는데 순순히 이해를 해줘서 정말 고마웠다. 그 마음에 보답하고 싶었는데 마침 한 회원이 바자회에서 모자를 싸게 파는데 사지 않겠느냐고 얘기하는 것이다. 마침 잘됐다 싶어 회원 모두의 모자를 주문했다. 색깔은 달라도 같은 모양의 모자를 쓰고 우리는 또 한 번의 나들이를 가기로 약속했다.

　화엄사로 향하니 오래전에 화엄사를 들른 기억이 되살아났다. 가족과 함께 밤 기차를 타고 와서 경내를 둘러보고 노고산에 올랐던 적이 있었다. 그때는 경내에 있는 문화재를 유심히 살펴볼 여유가 없었다. 노고산 등반이 목적이었으니까. 설명해 주는 안내자도 없어 수박 겉핥기식으로 화엄사에 점만 찍고 갔었다.

우리 일행이 도착하니 지리산 국립공원 문화재 해설사가 기다리고 있었다. 산사의 향기로움 속에 내 마음을 맡겨 보기로 했다. 상큼한 기운이 이른 새벽 집을 나서느라 설친 피로를 말끔히 씻어주었다.

지리산은 백두산의 정기가 남으로 흘러내려 오다 다시 솟았다 하여 두류산이라고 불리는 민족의 명산이다. 산기슭에는 실상사, 연곡사, 화엄사를 비롯하여 많은 유적과 절이 있다. 또한 지리산 일원은 우리나라 국립공원 제1호로 지정되어 있다.

화엄사는 지리산의 반야봉과 노고단 자락의 남쪽 기슭 계곡에 있으며 해발 250m 정도의 산간 구릉지에 자리 잡고 있다. 주변의 아름답고 화려한 자연경관과 함께 화엄종의 맏형격인 큰 절로서 장엄한 품격을 갖추고 있다.

화엄사는 544년(진흥왕 5년) 인도의 승려인 연기조사緣起祖師가 창건하고 장죽전에 차를 심었다고 한다. 화엄사상의 상징적 사찰로 문화재적 불교사적으로 귀중한 자료가 된다.

현재 화엄사에는 각황전(국보 제67호), 각황전 앞 석등(국보 제12호), 4사자3층석탑(국보 제35호) 등의 많은 문화재가 남아 있어 지리산의 아름다운 경관과 잘 어우러져 뛰어난 사적 및 명승지로 자리 잡고 있다. 기둥을 자연 속에 있는 나무 그대로 사용한 조상의 얼을 본 듯하다. 또한 4사자3층석탑을 보기 위해 108계단을 올랐다. 한 계단씩 오르면서 백팔번뇌를 버리라고 한다. 이런 자세한 설명이 없었다면 전번과 똑같은 오류를 범하지 않았을까 걱정이 되었다. 문화재 해설자가 반드시 필요함을 느꼈다.

마침 석가탄신일이 가까워서인지 수만 개의 연등이 화엄사를 화려하게 수놓고 있다. 연등으로 가득 메운 절 처마 밑 풍경. 연등燃燈은 부처님께 공양하는 방법의 하나로 번뇌와 무지로 가득 찬 어두운 세계를 부처님의 자비로 밝게 비추는 것을 상징한다. 그들은 연등을 달면서 무엇을 기원했을까. 연등마다 달아놓은 간절한 소원 하나, 모두 간절함을 품고 있다.

더러운 시궁창에서 자라 고운 꽃을 피우는 연꽃의 의미를 되새기며 저마다의 소중하고 귀한 염원을 담은 연등이 온 누리를 밝혀 주기를 기원해본다.

2009. 5. 5

가을 나들이

❋

따스한 가을 햇살을 받으며 고추 꼭지를 다듬고 있었다. 아파트 베란다에서 남편과 마주 앉아 농부처럼 한가하게 고추를 매만지고 있으니 마음이 풍요롭고 편안했다. 따르릉 전화벨이 울렸다. "어머니, 내일 나들이 가시겠어요?" 며느리의 목소리다.

손자 준석이와 함께 다섯 식구가 가벼운 마음으로 집을 나섰다. 으레 산행이려니 했는데 짐작이 빗나갔다. 준석이에게 너른 평야를 보여 주고 싶어서 김제를 간다는 것이다. 황금 물결이 소소하게 넘치는 우리나라 제일의 곡창지대를 간다니 너무 뜻밖이었다.

산이나 구릉이 없어서 들판과 하늘이 맞닿은 머나먼 지평선을 볼 수 있는 곳, 끝없는 벌판에 여물어 가는 벼들이 바람 따라 출렁이고 있었다. 태풍이 할퀴고 간 상흔이 눈에 띄긴 했지만 풍년의 꽹과리 소리는 여전히 온 들녘에 메아리치고 있는 것 같았다.

김제는 그 너른 들 한가운데에 있다. 벼 농사 1번지에 해당하는 곳이다. 지평선 축제가 열리는 '벽골제'로 향했다. 벽골제는 한반도의 인공 저수지 중 가장 오래된 저수지라고 한다. 무려 1,700년의 역사라 한다.

축제 마당에선 다양한 행사가 진행되고 있었다. 연날리기 대회, 허수아비 전시회 등 농사와 관련된 풍성한 볼거리와 먹을거리가 북적이는 인파와 함께 축제 분위기를 한결 짙게 하고 있었다. 특히 김제를 중심한 호남평야의 쌀에 대한 홍보가 이채로웠다. 각종 행사를 알리는 수많은 풍선이 하늘을 수놓고 있었다. 그 풍선만큼 들떠서 좋아하는 녀석은 세 살 배기 손자였다. 손자는 제 아빠의 뜻을 알기라도 한 듯 제방 위를 마구 누비고 뛰어 다녔다. 넓은 들판과 저수지가 신기한 듯 눈빛이 더욱 영롱했다.

하루 나들이로서는 조금 먼 거리였지만 너른 들판, 황금빛 물결이 나에게도 새삼 가을 빛 선물을 흠뻑 안겨 주었다. 내친김에 또 한 곳을 들르기로 하였다.

김제 땅에는 호남평야를 굽어보는 우뚝한 산이 있다. '호남 평야의 전망대'로 불리는 모악산이다. '곡창에 젖을 주는 어머니 산'이란 의미에서 붙여진 이름이다.

모악산에는 유서 깊은 절이 하나 있다. 백제 미륵 신앙의 근거지이기도 한 금산사다. 왕가의 복을 빌었던 사찰로 유명하다. 1,400년이 넘은 이 절은 김제의 넓은 들판을 닮아 장중하다. 일주문, 금강문, 불이문 등을 차례로 지나면 학교 운동장만한 마당이 나타난다. 마당 한가운데는 소나무 한 그루가 제 무게를 이기지 못하고 옆으로 누워 있다. 육중한 절 건물들은 이 소나무를 중심으로 둘러서 있다. 이곳에서 머리를 저절로 숙이게 하는 것은 미륵전이다. 밖에서 보면 3층이지만 안은 하나로 터져 있다. 법당 안에는 10m가 넘는 미륵불이 자애로운 표정으로 굽어보고 있다. 손자 녀석이 부처님을 보더니 손을 모으고 '아멘' 한다. 불교 천주교를 알리 없지만 기도하는 장소인 것만은 틀림없다고 생각한 모양이다.

　돌아오는 차 안에서 며느리를 돌아보았다. 요즈음 젊은이들은 거의 제 식구끼리만의 나들이를 좋아하는데 우리를 초대해 준 심성이 예뻐 보였다. 내겐 그 애가 가을의 전령사였다.

2011. 11. 10

미항, 여수 나들이

여수 나들이는 세 번째다. 재직 시절 동료 교사들과 방학 중에 연수차 다녀왔고 두 번째는 가족들과 내 나라 여행 중에 서해안을 돌면서 들렀다. 그리고 이번에 제12회 수필의 날 행사로 이곳에 왔다.

금오산 끝자락, 향일암

향일암은 돌산도의 금오산 끝자락 맞닿은 곳에 있다. 우리나라 4대 관음 기도처 중 하나로 일컬어지고 있다. 또한 신라 선덕 여왕 13년 원효대사가 창건하여 원통암, 금오암, 영구암으로 불리다가 조선 숙종 1715년 인묵대사가 '해를 향한 암자'라는 뜻으로 이름을 붙였다.

같은 장소이건만 올 때마다 느낌이 다르다. 선생님들과 왔을 때는 밤새 이야기꽃을 피우느라 늦잠이 들어 향일암에 오르지 못했다. 이번에는 작심하고 새벽 5시에 아픈 다리로 올랐다. 완만한 코스로 오르는데도 가다 섰다를 반복했다. 그런데 아쉽게도 일출은 보지 못했다. 그러나 그 경관은 일출 못지않았다. 내려올 때는 시간을 단축하기 위해 돌계단을 택했다. 왼발 딛고 오른발 옆에 대고 하면서 간신히 내려왔다. 참으로 인내를 요하는 일이었다. 그러나 향일암에 올랐다는 자부심은 뿌듯하였다.

내려오는 길에 돌산 갓김치와 고들빼기김치 가게가 즐비하다. 입이 까칠할 때 혀에 침을 돋게 하고 쌉싸래한 맛이 입안 가득 퍼지는 김치가 먹고 싶다. 돌산 갓김치와 고들빼기김치를 주문했다. 서울 가서도 이 고장의 맛을 즐길 수 있으니 좋은 세상이다.

조선 수군의 장금, 여수 진남관

내 나라 여행 때는 '진남관鎭南館'에 들렀다. 진남은 남쪽 왜구를 진압하여 나라를 지킨다는 의미다. 이 건물은 조선조 때 충무공 장군이 전라좌수영의 본영으로 사용하던 곳에 임진왜란 뒤인 선조 32년(1599년) 삼도수군통제사 이시언이 건립한 건물이다. 그 후 1716년에 화재로 소실된 것을 1718년 이제면 수사가 재건하였고 그 후 여러 번 중수하였다.

이 건물은 임금을 상징하는 전비殿碑와 궐패闕牌를 모셔 놓고 관아의 수령이 초하루 및 보름날 대궐을 향하여 절하던 곳이다. 건물 높이가 14m, 길이가 545m, 둘레가 2.4m의 큰 기둥이 68개나 서 있는 현존 국내 최대 단층 목조 건물이다. 조선 후기의 객사로서는 보기 드문 건축 형식을 띠고 있다.

진남관에 있는 석인은 임진왜란 때 충무공 이순신이 적의 침입에 대비해 쓴 의인전술擬人戰術이었다. 기단석 위에 화강암으로 제작되었는데 관모를 쓰고 두 손을 공수拱手한 전형적인 문인석이다.

석주화대는 수군들이 야간 훈련을 위해 사용한 것으로 추정된다. 진남관 앞뜰과 동헌 뜰 위에 1개씩 그리고 전선에서 화포를 설치하던 곳에 2개 등 모두 4개가 있었으나 현재는 2개만 남아 있다. 이순신 장군의 놀라운 지혜에 감탄했다.

바다 위의 꽃, 오동도

오동도는 원래 조그만 무인도였다. 멀리서 보면 오동잎처럼 보이고 또 오동나무가 빽빽해서 오동도가 되었다.

일본인들이 1935년부터 방파제를 만들었는데 그게 섬에 이르는 통로가 되어 육지와 이어지게 되었다. 이 길이 한국의 아름다운 길 100선에, 오동도 등대가 아름다운 등대 16경에 각각 선정되어 사랑을 받고 있다. 30도가 넘는 무더위에 우리는 열차를 타고 다리를 건넜다. 그런데 65세 이상은 무료다. 그 돈으로 하드를 사서 입에 대니 시원함이 그지없다.

지금은 오동도에는 오동나무는 없고 동백나무가 우거져 있다.

오동도에서 '여수 EXPO'를 바라보니 TV에서 보던 화면이 되살아나 즐거움이 배가 되었다.

여수에서 중요한 곳은 다 둘러보았다. 참 좋은 여행이었다.

2012. 8. 20

철원의 단상

철원을 향한 발걸음, 세 번째.

그곳은 6 · 25 때 치열했던 격전지로 유명하다.

재직 시절에 안보교육 차원에서 제2 땅굴을 찾았다. 군사 분계선 비무장 지대에서 발견된 땅굴은 한국군 초병이 경계근무 중 땅속에서 울리는 폭음을 듣고 수십 일간의 끈질긴 굴착 작업 끝에 1975년 3월 19일 한국군 지역에서는 두 번째로 발견한 북한의 기습용 땅굴이다. 이 땅굴은 철의 삼각 전적지 개발계획으로 국민들에게 경각심을 고취시키는 안보교육의 핵심 역할을 하고 있다. 땅굴을 들어갔다 나오면서 북괴의 남침야욕을 생각하니 분단의 아픔이 되살아났다.

두 번째 방문은 졸업 50주년 기념행사로 동창들과 함께 명성산에서 억새 축제를 구경하고 돌아오던 길에 들른 고석정이다. 고석정은 철원 8경의 하나로써 한탄강 중류에 있다. 강 중앙의 고석정과 정자 및 그 일대의 현무암 계곡을 총칭하여 고석정으로 부르고 있다. 강 중앙에 위치한 10m 높이의 거대한 기암봉에는 임꺽정이 은신하였다는 자연동굴이 있고 건너편 산 정상에는 석성이 남아 있다.

세 번째, 오늘은 철원에서 열린 한국수필가협회 세미나와 제31회 한국수필문학상 시상식에 참여했다. 버스 3대에 나누어 탑승했는데 나는 2호차에 탔다. 낯익은 얼굴들이 있어 기분이 상쾌했다. 버스 안에서는 간단히 자기소개를 했다.

목적지에 가는 길에 노동당사를 지나갔다. 이 건물은 해방 후 북한이 공산독재 정권 강화와 주민 통제를 목적으로 건립하였다. 6·25 전까지 사용한 북한 노동당 철원군 당사로서 악명을 떨치던 곳이다.

도착한 곳은 병영체험관이다. 군대에 아들을 보낸 부모들이 마음을 놓아도 될 정도로 최신식 건물이었다. 물론 학생을 대상으로 하는 체험관이다.

다음 날 승일교를 찾았다. 한탄강 중류지점에 놓여있는 높이 35m, 길이 120m, 폭 6m의 다리다. 승일교의 교명에 관해서는 두 가지 설이 있다. 이승만 대통령의 '승' 자와 김일성의 '일' 자를 합쳤다는 설, 다른 하나는 한탄강을 건너 북진 중 전사한 박승일 대령을 기리기 위하여 명명했다는 얘기가 있다. 승일교는 등록문화재 제26호(2002년 5월 27일)로 관리하면서 현재는 통행을 금지 시키고 있다.

승일교는 1948년 북한에서 군사도로로 사용하기 위하여 구소련의 유럽식 공법으로 2개의 교각이 완성(다리의 절반)될 무렵 6·25 전쟁으로 공사가 중단되었다. 그 후 휴전이 되어 국군이 임시 목조로 가교를 설치하였다. 우리 정부에서 나머지 절반을 당초와는 다른 공법으로 1958년에 준공하였다. 결과적으로 남북한의 부조화 합작 다리인 셈이다.

백마고지 전투는 한국전쟁 시 무명의 한 작은 고지를 놓고 한국군 보병 제9사단과 중공 제38군 3개 사단이 전력을 기울여 열흘간 24차례나 주인이 바뛸 정도로 혈전을 벌인 끝에 우리 국군의 승리로 매듭지어진 전투를 말한다. 심한 포격으로 산등성이가 처절하게 변모한 산용山容이 흡사 백마가 누워있는 모습과 비슷하다 하여 백마고지로 불리게 되었다고 한다. 백마고지 위령비는 백마고지 전투에서 희생된 아군과 중공군의 영혼을 진혼하기 위하여 건립하였다. 이 전투를 기념하기 위하여 백마고지 정상에는 기념관과 전적비, 호국 영령 충혼비가 건립되어 있다.

오늘이 6 · 25 전쟁 62주년. 분단의 아픔과 고통을 되새기며 다시는 이런 참상이 없기를 소망하며 철원에 대해 깊은 생각에 잠겼다.

2012. 6. 25

세 맏딸 달팽이들의 여행

✿

어버이날 가족이 모인 식사 자리였다.

큰 손녀가 "할아버지 행시 시험 준비가 끝나면 엄마랑 머리도 식힐 겸 태국으로 여행가요." 그 말이 끝나자마자 남편이 이렇게 말하는 것이었다. "할머니 모시고 가면 안 되니? 할머니가 수술을 받고 한동안 바깥 구경을 못했는데 모시고 가렴." 나는 너무 놀라 "여보, 혼자서 어떻게 지내시려고…." 라고 하니 "나야 이젠 충분히 혼자 지낼 수 있어." 라는 답이 돌아왔다.

팔십 평생 손 하나 까딱 않던 남편은 내가 수술 한 뒤로 음식 하는 재미에 푹 빠져 지냈다. 특히 TV 프로그램 '백 선생의 집 밥' 등에서 배운 대로 열심히 따라 하다 보니 어느 정도 자신감이 붙은 모양이다. 수술 전에는 상상도 못할 일이었다. 그렇게 해서 모계 3대의 여행이 갑자기 결정되었다. 나는 설레었다. 여행은 많이 다녔지만 이번엔 '자유여행'이었다.

딸과 손녀는 호텔과 비행기 예약, 맛있는 식당, 현지 체험 등 여행 계획을 둘이서 모두 진행했다. 딸이 나중에 웃으며 한 말에 의하면, 다들 모녀 여행을 갈 때 딸의 친구들이 돈을 조금 아낀 것을 두고두고 후회했다고 하며 저는 늦게 가는 여행이니 그렇게 가지는 않겠다고 했다. 내가 인공관절 수술을 받고 8개월 만에 가는 여행이다. 딸과 손녀는 모든 일정과 속도를 내 걸음걸이 수준에 맞추어 주었고 74세 어머니와 49세 딸 그리고 22세의 손녀는 참으로 느리게 다녔다. 그래서 우리는 달팽이 같다고 느꼈다. 또한 우리는 다 첫째 딸이었다. 나도 맏딸, 내 딸도 첫째, 손녀도 큰딸. 이렇게 세 맏딸 달팽이의 여행이 시작되었다.

여행 전부터 딸이 이번 여행은 엄마를 위한 여행이니 하시고 싶은 대로 하라고 자주 얘기했다. 내 딸은 나와는 좀 다르다. 나는 적극적인 성격의 소유자요 손녀도 추진력이 있는 아이이지만 내 딸은 좀 늘쩡하고 느린데 중간에서 챙기느라 가운데 끼인 딸이 마음고생을 하지 않았나 은근히 걱정이 되기도 하였다.

문득 미국 사시던 내 엄마하고 팔순 여행을 떠났던 일이 생각났다. 미국에서 보름, 한국에서 보름. 어머니가 그동안 하고 싶었던 일들을 찾아 해드렸다. 만나고 싶은 사람들 모두 만나고, 가고 싶은 곳을 찾아 추억을 쌓았다. 미국에서는 주로 여행을 하고 한국에서는 친지 동창 교회 식구들과 그동안의 회포를 풀게 해드렸다. 이것을 본 딸이 또 대물림을 하는 것이 아닌가 하는 생각이 들었다.

딸은 요즈음 부쩍 늙어가는 제 에미가 딸하고만 오붓한 시간을 갖고 싶어 하는 것이 역력하여 패키지여행만 한 엄마에게 자유여행의 참맛을 느끼게 해주고 싶다고 하였다. 그것을 안 큰 손녀 채영이가 우리 셋만을 위한 계획을 추진하기 시작했다. 나는 이미 움직이는 여행 기차에 타기만 하면 됐다.

그런데 손녀와 딸에게 은근히 눈치가 보였다. 키워주신 외할머니와의 여행이었지만 달팽이 투어처럼 느리게 움직이는 노인과의 여행, 게다가 영어

중국어가 가능한 자기만 바라보는 노년, 중년의 어머니들에게 과도한 책임감을 느끼는 손녀, 그리고 "여행 구력은 니들보다 내가 위다." 라고 큰소리쳤으나 자유여행으로 단련된 자식들에게 피해 주지 않으려고 기를 쓰는 74세의 나, 이 둘 사이에서 둘의 기분을 맞추려 애쓰는 게 보이는 내 딸….

여행 막바지에 이르자 속으로 피식 웃음이 나왔다. 영락없는 내 새끼들이었다. 모녀가 여행을 하면 더 싸운다고 하더라는 말은 우리 세 모녀에게는 끝까지 들어맞지 않았다. 우리는 끝까지 예의 발랐고 이렇게 좋은 시간을 함께한 서로에게 감사의 마음만 나타냈다. 다들 맏이스러웠고 그 한계를 벗어나지 못하는 내 모습을 그대로 갖고 있었다.

여행은 일상을 벗어나 호사스러웠다. 딸도 스스로 약속한 대로 나를 위했고 나도 멋쟁이 할머니의 처신을 하려 노력했기에. 하지만 귀국 날 아침 집으로 돌아오며 느낀 모두의 안도감. 여행의 이유는 바로 그 지점에서 찾는다는 말이 맞았다. 내 일상의 소중함을 알기 위해 여행을 떠난다는 그 문장이 사실임을 깨달았다. 한여름의 꿈을 꾸고 난 후 소소한 소중함을 느끼는 일상이다.

2016. 7. 28

서해 최북단 백령도

백령도는 몇 번의 기회가 있었지만 피치 못할 사정이 생겨서 못 가다가 한국수필가협회 주선으로 찾아가게 되었다. 세월호 사건으로 두려움이 있었지만 꼭 가고 싶었다.

인천 연안 부두에서 승선할 때 주민등록증까지 대조하며 철저히 조사를 하였다. 지정 좌석에 앉아 4시간을 타고 갔다. 멀미약을 귀밑에 붙였으나 파도가 잔잔해서 멀미는 하지 않았다. 우리가 탄 배는 하모니플라워호였다.

배에서 내려 섬을 지키고 있는 해병들을 보니 마음이 든든했다. 하나같이 잘생기고 풋풋한 미남들이다. 우리 일행이 지나가는데도 눈길 한 번 주지 않고 훈련에만 몰두하는 이들의 모습이 참 대견해 보였다.

제일 먼저 심청각에 올랐다. 손에 닿을 듯 북녘이 코앞에 있어 가슴이 먹먹해진다. 심청각은 심청전의 배경 무대인 백령도를 알리기 위해 심청이 몸을 던진 인당수와 연봉 바위가 바라다보이는 곳에 위치하고 있다. 이곳에는 관련 판소리, 영화, 고서 등을 전시하고 있다.

천안함 46용사 위령탑에 헌화를 하고 묵념을 했다. 2010년 3월 26일 발생한 천안함 피격 사건은 오랫동안 전쟁의 기억을 잊고 평화에 젖어 있던 우리 국민에게 너무나 큰 충격이었다. 민, 군 합동조사 결과 북한이 천안함을 공격했다는 사실이 밝혀졌고 국제사회는 이를 규탄하였다. 그러나 북한은 도발 행위 자체를 부인하고 있고 우리 사회 일각에서도 진실과 다른 의혹을 끊임없이 제기하는 등 무책임한 행태를 보여주고 있다.

백령도에 전해오는 사랑 이야기가 있다. 옛날에 황해도에 사는 선비와 사또의 딸이 사랑하게 되었으나 사또는 못마땅하여 딸을 몰래 귀양보냈다. 애를 태우던 선비에게 백학이 꿈에서 그녀가 있는 곳을 가르쳐 주었다 하여 백학도라 하던 곳을 후세에 따오기가 흰 날개를 펼치고 하늘을 나는 모습을 닮았다 해서 백령도라 부르게 되었다고 한다. 흥미와 멋이 깃든 애틋한 섬이기도 하다.

백령도의 백미라 자랑하는 두무진 해안을 찾았다. 마치 장군들이 머리를 맞대고 회의를 하는 것 같다고 해서 붙여진 두무진은 서해의 해금강이라 불릴 정도로 웅장하고, 아름답고 기묘한 기암괴석들이 펼쳐져 있다. 그곳에는 고려의 충신 이대기가 '늙은 신의 마지막 작품'이라 표현했을 정도로 절경을 자랑하는 선대암과 코끼리가 물을 마시고 있는 모습의 코끼리 바위, 비슷한 모양의 두 바위가 껴안고 있는 형제 바위가 있다.

중화동 교회를 방문했다. 우리나라에서 두 번째로 세워진 장로교회이다 (1896년). 기독교 역사관에서는 한국기독교 100년사를 한눈에 볼 수 있다. 교회 앞에 위치한 연화리 무궁화는 수형이 우수하고 높이가 6.3m로 현재 알려진 무궁화 중 가장 크며 꽃이 순수 재래종의 원형을 보유하고 있다. 교회 역사만큼 가지 하나하나에 고풍스러운 멋을 한껏 발산하고 있다.

사곶 해변을 거닐었다. 이곳은 나포리 해변과 더불어 규조토 해변으로 비행기의 이착륙이 가능한 천연비행장이다. 실제로 한때 군 비행장으로도 쓰였을 정도로 부드러우면서도 단단한 특징을 갖고 있다. 천연기념물 제391호로 지정되어 있다.

백령도의 해변을 따라가다 보면 만나게 되는 해안은 백령도를 형성하고 있는 규암이 해안의 파식작용에 의해 콩과같이 작은 모양으로 변한 것으로 약 1km에 걸쳐 펼쳐져 있는데 형형색색의 콩돌이 푸른 바다와 어우러져 멋진 경관을 연출한다. 여느 백사장과는 전혀 다른 자갈 파도 소리와 피부염에 특효가 있다는 자갈 찜질은 이곳만이 주는 특별한 선물이다. 양말을 벗고 걸으려고 하니 발이 쑥쑥 빠져 걸을 수가 없어 기어 나왔다. 자갈이 너무 고와 몇 개 주우려 했더니 초소에서 방송이 들린다. 돌을 가져가면 5천만 원 벌금에 7년형을 살아야 한단다. 그래야 해변이 보호될 테니까.

자연의 거대한 움직임 앞에 너무도 초라한 우리의 현재를 보여주는 작품들을 바다 곳곳에서 만날 수 있다. 물범이 수면에 잠긴 듯한 물범 바위, 사자가 누워 바다를 향해 포효하는 듯한 자세를 취한 사자 바위, 용이 하늘로 승천하는 듯한 모습이라 불리는 용트림 바위 등 기암 바위들도 둘러 보았다. 이렇듯 입이 안 다물어지는 이곳을 오지 못했다면 얼마나 후회를 했을까.

백령도의 먹거리는 청정해역에서 잡은 까나리와 천일염전에서 만든 까나리 액젓이 유명하고 순수 자연산 돌미역과 다시마 등이 있다. 백령 약쑥은 신경통 근육통 환자들에게 효과가 있단다. 그러나 나는 다시마 젤리로 선물을 대신했다.

2014. 9. 14

추억 속으로의 여행

✿

      딸네 가족이 영국으로 여행을 떠났다. 작은 손녀까지 대학에 입학하여 입시에서 해방된 기쁨으로 통 큰 결심을 한 것 같다. 우리나라는 자식들을 대학에 입학시키기 위하여 교육에 올인하느라 마음 편히 가족 간의 여행을 하기가 쉽지가 않다.

    12일간 스코틀랜드, 잉글랜드, 웨일즈 등 영국 전체를 둘러보는 코스다. 사위가 영국 주재원으로 있었기에 손녀들이 어린 시절을 그곳에서 보냈다. 덕분에 나도 두 차례 그곳을 다녀왔다. 그중 스코틀랜드는 남편과 함께 여행을 했던 곳이다. 딸과 손녀들이 카톡으로 사진을 보내줘서 나는 한국에서 스코틀랜드를 또 한 번 다녀온 느낌이 들었다.

    스코틀랜드는 1707년에 영국에 합병되었지만 켈트족의 전통이나 문화의 독자성이 뚜렷하게 남아있는 곳이다. 지형 또는 빙하의 깎인 계곡과 작은 호수, 푸른 초원 등 잉글랜드와 구별되는 아름다움을 간직하고 있다. 자연환경은 〈헤리포터〉 영화의 주된 배경으로 쓰일 만큼 빼어난 풍광을 자랑한다. 자연 그 자체만으로도 깊은 감명을 주는 곳이다.

    에딘버러성과 올드타운이 눈앞에 어른거린다. 올드타운 서쪽의 바위산에 자리 잡은 에딘버러 성은 험한 자연의 조건을 살린 산성으로 잉글랜드와의 격렬한 투쟁사의 현장이다. 지형적인 관계로 잉글랜드의 성은 평지에 쌓은 것에 비해 스코틀랜드의 성들은 주로 산악에 건설했다.

홀리루드 하우스 궁전을 둘러보았다. 그곳은 스코틀랜드 왕가의 공식 거주지로 현 엘리자베스 여왕이 스코틀랜드를 방문할 때마다 이곳에 머문다. 홀리루드 궁전과 에디버러 성을 연결하는 옛 시가지의 중앙로인 로열 마일 Royal Mile은 이름처럼 약 2km에 가까운 거리가 길게 느껴지지 않을 정도로 이색적인 볼거리로 가득한 곳이다. 이곳에서는 스코틀랜드 전통복장을 입은 병사들이 그들의 전통 악기를 불고 있어 가던 길을 멈추게 한다.

아서의 시트는 에든버러 여행의 백미라 할 수 있는 곳이다. 홀리루드 궁전의 오른쪽 뒤편에 펼쳐진 야트막한 산인데 걸어서 산 정상까지 오르는 동안 기막히게 아름다운 풀밭 풍경과 시내 전경이 파노라마처럼 펼쳐진다. 손녀들은 이 풀밭에서 예쁜 포즈를 취하고 앉아 있다. 칼턴 힐은 아름다운 에든버러 시내를 내려다보기에 가장 좋다. 그리스 신전을 모방해서 1818년에 지은 천문대가 언덕에 우람하게 자리하고 있다.

하이랜드 지역의 중심도시인 인버네스로 향한다. 인버네스는 미지의 괴물 네시가 나온다는 네스호가 있다. 인버네스란 '네스 강 하구'란 뜻이다. 이곳은 전설의 괴물이 나오는 네스호를 둘러보기에 가장 좋은 입지조건을 갖춰서 관광객이 가장 많이 찾는다.

또한 빼놓을 수 없는 곳이 스코치 하우스다. 스코틀랜드의 상징인 타탄체크를 패션의 일부로 끌어들인 장본이다. 대표적인 스코치 하우스 제품으로는 트위트 재킷과 캐시미어 스웨터를 꼽을 수 있다. 나도 스웨터 하나를 장만했다.

   카톡을 통해 보내준 사진을 보면서, 우리 집 장식장에 있는 스코틀랜드 병사의 복장을 한 세 명의 인형이 나를 십여 년 전의 추억으로 이끌어 주었다.

2015. 8. 27

슬로시티 청산도

　　친구들과 함께 산, 바다, 하늘이 푸르다 해서 붙여진 이름 청산도를 향해 출발했다. 청산도는 이미 소란스러운 봄 풍경이 한창이었다. 노란 꽃잎들을 쏟아내고 있는 유채꽃이 해풍에 흔들리고, 무릎까지 자란 청보리가 융단처럼 일렁이는 황톳길 곁에는 어김없이 사람들의 발길이 이어졌다. 어느 계절보다 찬란한 청산도의 봄을 만끽하기 위해 무작정 걸었다.

　　다도해의 푸른 바다로 둘러싸인 선창을 따라 걷다가 도닥리의 우물인 동구정을 거치면, 임권택 감독의 영화 〈서편제〉에서 소리꾼 유봉 일가가 판소리를 주고받으며 내려오던 장면을 찍은 구불구불한 돌담길을 만나게 된다. 유채꽃과 마늘밭 사이에 있는 황톳길을 걷다 보니 오래전에 본 영화임에도 불구하고 구성지고 애달픈 아리랑 가락이 절로 머릿속에서 재생되는 느낌이었다. 나도 주인공 이 된 것처럼 노래 부르며 걸었다.

　　황톳길 뒤편으로 보이는 드라마 〈봄의 왈츠〉가 촬영되었던 언덕 위의 하얀 집, 세트장 또한 만발한 유채꽃과 함께 동화 속 한 장면 같은 풍광을 연출하고 있다. 이곳에서 바라보는 도락포구 전경은 일품이다.

　　청산도 슬로길은 청산도 주민들의 마을간 이용도로로 이용되었던 길로 아름다운 풍경에 취해 절로 발걸음이 느려진다 하여 슬로길이라 이름 붙여졌다. 청산도에는 슬로길 11개 코스가 있는데 그중에서 2코스 '사랑길'에서 섬지방의 독특한 장례풍습인 '초분'을 처음으로 보았다. 일종의 풀 무덤으로 시신을 바로 땅에 묻지 않고 관을 땅에 올려놓은 뒤 짚, 풀 등으로 엮은 이엉을 덮어 두었다가 2~3년 후 뼈를 골라 땅에 묻는 무덤이다. 고즈넉한 풍경과 해안절경을 동시에 즐길 수 있어 인기길이다.

또한 청산도의 오랜 역사를 말해주듯 읍리에는 청동기 시대의 대표적인 무덤인 고인돌이 있다. 대표적인 남방식 지석묘가 원형을 유지하고 있다. 이곳에는 '하마비'라는 것도 있는데 민간 신앙과 불교가 결합한 신앙물로 자연석에 부처를 새겼다. 아무리 지체 높은 사람이라도 이 앞을 지날 때는 반드시 말에서 내려 걸어가야 했다고 전해진다.

상서리의 옛 담장은 마을 전체가 구불구불한 돌담길로 이루어져 있다. 층층이 쌓아 올린 돌담은 소박하게 지어진 농가와 조화를 이루어 포근한 정취를 느낄 수가 있었다.

부흥리에는 '숭모사'가 있다. 숭모사는 조선 말기 문신 김류 선생의 학행을 추모하기 위하여 세웠다는 사당이다. 청산도의 수려한 산세와 후한 인심에 매료된 선생은 부흥리에 머물면서 후배들의 교육을 위해 일생을 바쳤다고 한다.

'지리 해수욕장'은 수심이 완만하고 앞으로 폭 100m, 길이 1.2Km의 백사장이 펼쳐져 있고 200년 이상 된 소나무가 시원한 그늘을 만들어 준다. 이곳에서 바다와 하늘을 온통 붉은 빛으로 물들이는 아름다운 일몰을 감상할 수 있어 무척 기뻤다.

삶, 그 아름다운 추억

청산도에서 볼 수 있는 가장 인상적인 풍경으로 '구들장 논'을 꼽을 수가 있다. 구들장 논은 논바닥에 돌을 구들처럼 깔고 그 위에 흙을 부어 만든 논으로 자투리땅도 놀리지 않았던 섬사람들의 지혜를 엿볼 수 있었다.

청산도에서는 맛보다는 건강을 생각한 슬로푸드를 먹었다. 전복은 물론 소라, 해삼, 톳으로 한 상 차린 밥상은 청산도를 입으로 느끼기에 충분했다. 숙소는 불편하지만 소박하고 정감있는 공간에서 머물렀다.

푸른 하늘, 푸른 바다, 푸른 산, 여기에 온전하게 느낄 수 있는 삶의 여유와 느낌의 미학은 청산도가 선사하는 또 다른 선물이다.

2014. 4. 16

명품 기차여행

대학을 졸업한 지 50주년을 기념하기 위해 1박 2일 동안 친구들과 함께 기차여행을 떠났다. 우리들은 1960년에 입학해서 어려운 학창시절을 보냈기에 더욱 돈독한 우의를 다지며 지낸다. 졸업할 당시 여학생은 6명이었으나 한 명은 먼저 세상을 떠났고 또 한 명은 선교지로 떠나 우리 네 명만이 함께 했다. 서울역 2층 '빈즈 앤 베리즈' 카페에서 미팅을 했다. 인솔 승무원과 함께 해랑 열차로 이동하여 열차에 합승했다. 씨밀레코스였다.

군산역

1900년대 초기로의 시간 여행을 떠났다. 군산을 이처럼 급격히 항구도시로 성장시킨 배경은 일본이 호남, 충청의 농토를 빼앗아 그들의 것으로 만들어 가난한 일본 농민을 옮겨와 살게 하였다. 여기서 거둔 쌀은 일본으로 강제 수출시켜 일본의 쌀 부족을 보충하고자 하였다. 따라서 전북지역은 가장 많은 일본인 농장이 모여 있던 지역이 되었고 가장 높은 사회 지배 세력을 형성할 수 있었고 또한 일본 식민정책의 중심이 되었다.

쌀 수출 항구로서의 위치 때문에 농장이 많이 모여 있었다. 1910년 한일합방에 이르기까지 전북지역에는 24개의 일본인 농장이 만들어졌다.

전주 한옥 마을

국내 유일하게 도심 속에 보존되어 있어서 살아 숨 쉬는 전통문화를 느낄수 있는 곳이다. 1977년 한옥마을 보존지구로 지정된 뒤 2002년 10월 '전주시 공공시설 등의 명칭 제정 위원회'에서 지금의 이름으로 바뀌었다.

전주시 완산구 교동, 풍남동 일대 7만 6,320평에 700여 채의 전통 한옥으로 이루어져 있다. 이 마을은 일제 강점기 때 일제가 성곽을 헐고 도로를 뚫은 뒤 일본 상인들이 성안으로 들어오자 이에 대한 반발로 자연스럽게 형성되어 현재까지 당시의 모습을 고스란히 간직하고 있다.

순천만

순천만은 남해안 지역에 발달한 연안 습지 중 우리나라를 대표할 만하다. 갯벌에 펼쳐지는 갈대밭과 칠면초 군락, S자형 수로 등이 어우러져 아름다운 생태경관을 보여주는 경승지다.

넓은 갯벌에는 갯지렁이류와 각종 게류, 조개류 등 갯벌 생물상이 다양하고 풍부하여 천연기념물인 흑두루미와 먹황새, 노랑부리, 저어새를 비롯한 흰목물떼새, 방울새, 개개비, 검은머리물떼새 등 25종의 국제 희귀조류와 220여 종의 조류가 있어 이곳을 찾는 생물학적 가치가 크다. 특히 전망대에서 바라보는 일몰과 철새가 떼 지어 날아오르는 광경이 장관을 이루어 2006년에는 한국관광공사 최우수 경관 감상지로 선정되었다.

송광사

한국의 삼보사찰 가운데 승보사찰로서 유서 깊은 곳이다. 송광사는 신라

말 혜린 선사에 의해 창건되었다고 한다. 창건 당시 이름은 송광산 길상사였으며 100여 칸쯤 되는 절로 30~40명의 스님들이 살 수 있는 그리 크지 않은 규모의 절이었다고 한다. 그 뒤 고려 인종 때 석조대사께서 절을 크게 화장하려는 원을 세우고 준비하던 중 타계하여 뜻을 이루지 못하였다. 이후 50여 년 동안 버려지고 폐허가 된 길상사가 중창되고 한국 불교의 중심으로 각광을 받게 된 것은 불일 보조국사 지눌스님의 정혜결사가 이곳에서 옮겨지면서부터이다.

지눌스님은 9년 동안의 중창불사로 절의 면모를 일신하고 정혜결사 운동에 동참하는 수많은 대중을 지도하여 한국불교의 새로운 전통을 확립하였다. 이때부터 송광사가 한국불교의 중심으로 각광받기 시작하였다. 그동안 정유재란, 6 · 25 사변 등 숱한 재난을 겪었으나 지속적인 중창불사로 지금의 위용을 갖출 수 있게 되었다.

때마침 경남불교대학에서 신자들이 성지순례를 와서 대웅전 마당을 가득 채웠다. 뜨거운 뙤약볕에서도 스님의 말씀에 경청하는 모습이 경이롭게 느껴졌다. 종교는 달라도 그들의 신앙생활에 찬사를 보낸다.

이번에 해설사들의 열정적인 설명에 특히 감탄했다. 물론 교육을 받았겠지만 자기고장 문화를 사랑하는 마음을 느낄 수 있었다.

군산에서의 꽃게 정식과 전주에서의 남도 정식, 순천에서 장어구이, 곡성에서 참게탕 정식 등 다양한 메뉴가 입맛을 사로잡았다. 뭐니 뭐니 해도 식후경이라.

1박 2일 동안 설렘과 감동이 있는 명품 기차여행으로 우리의 우정은 또다시 이어질 것이다.

2014. 6. 17

수원 문학기행의 백미

수필의 날 행사의 일환으로 수원 화성행궁과 융건릉, 용주사를 둘러보았다. 차 5대가 서울에서 출발했는데 일찍 입금해서 1호차나 2호차에 배정받지 않을까 했는데 5호차로 배정받았다. 아는 사람이 없어 좀 낯설었다. 다행히 권 주간의 배려로 3호차에 탑승해서 아는 문우들과 합류했다. 수원은 아들이 4년간 살았던 곳인데도 가보지 못해 아쉬워하던 도시다.

수원 화성 행궁은 정조가 현륭원에 행차할 때마다 임시 거처로 사용하던 곳으로 1794년부터 1796년까지 화성이 축성될 당시에 함께 건축한 건물이다. 평소에는 부사나 유수가 집무하던 곳으로 활용되던 곳이다. 이 건물은 657칸이나 되고 국내 최대이다. 정조의 어진을 모신 회령전도 있다.

정조는 이곳을 13차례나 방문하시면서 참배기간 동안 이곳 화성 행궁에 머무셨다고 한다. 행궁이란 임금께서 이동 중에 머무시는 궁이란 의미다.

화성은 1789년(정조13)에 정조는 아버지 장현세자(사도세자)의 묘소를 양주에서 수원 화산으로 이장하고 화산에 있던 읍치를 팔달산 밑으로 옮겼으며, 또 1794년(정조18)에 화성 성역을 착공하여 96년(정조20)에 완공하였다.

정조는 아버지 장현세자(사도세자)가 참화를 당한 후 왕세손에 책봉되어 영조의 뒤를 이어 즉위 했으며, 선왕의 뜻을 이어 탕평정치를 하였다. 그러나 정치에 뜻이 없어 홍국영에 정치를 맡기고 오직 학문에만 열중하였다. 왕실연구기관인 규장각을 두어 국내의 학자들을 모아 경사를 토론케 하고 서적을 간행케 했다.

정조대왕은 아버지의 억울한 참화를 못 잊어 수원에다 새로 성을 쌓고 소경小京으로 승격시키고 내왕하였다. 수원 화성은 전통적인 축성 방식에 정약용의 과학적인 치밀함과 견고함으로 설계되었으며 최초로 기중기가 사용되어 축성된 성이다. 사도세자와 혜경궁 홍씨를 위해 효심으로 지은 성이기도 하지만 정조의 꿈, 그 꿈을 위해 쌓은 성이다. 정조대왕능행차도는 정조가 처음 완공된 수원 화성을 찾을 때의 위엄과 권위를 톡톡히 보여 주었다.

그때의 행렬이 정조대왕능행차도로 남아있어 오늘까지도 수원 화성에서는 정조대왕능행사 재현행사를 매년 가을에 하고 있다. 올해로 꼭 50주년 맞이한 수원 화성 문화제가 얼마 전 수원에서 성대히 치러졌는데 운 좋게도 그 장면을 화면으로나마 볼 수 있어서 정말 좋았다. 조선시대 의상과 소품들을 착용하고 최대한 그때의 모습 그대로 재현한다는 것이 멋지고 정말 볼만한 행사였다.

화성 행궁을 둘러보는데 아이들이 '뒤주'를 보며 "이거 너무 한 것 아니야." 한다. 이들에게 역사 이야기를 들려주고 싶다. 장현세자는 1749년(영조25)부터 왕을 대신하여 정치를 보살피던 중 갑자기 악질로 인해 발작적인 광행을 하므로 왕의 총희 문숙의 등이 대신들과 상의하여 왕께 소를 올려 그 광행을 보고하니 왕은 장현세자를 뒤주에 가두어 굶겨 죽였다. 영조는 뒤에 이를 후회하고 사도라는 시호를 내렸고 아들 정조가 즉위하자 생부인 사도세자를 장현세자로 개칭하였다.

점심 식사를 할 만한 곳이 없어 간단하게 먹었다. 잠깐 휴식을 취하러 누각에 올랐다. 7월의 더위를 잊기에 안성맞춤이었다. 이동하고 싶은 생각이 나지 않았다. 한 여름의 문학기행이 힘들다는 생각이 들었다.

세계유산이자 조선 왕릉인 화성 융건릉을 산책했다. 효심 어린 영원한 사부곡을 느낄 수 있는 곳이다. 융건릉은 장현세자(사도세자)와 혜경궁 홍씨가 합장된 융릉과 정조와 효의 황후 가 합장된 건릉의 줄임말이다. 그곳은 깊은 숲속을 산책하는 듯, 울창한 나무들이 만들어 주는 자연 그늘에서 시원한 바람을 맞으며 힐링할 수 있었다.

아버지에 대한 그리움으로 만든 절 용주사로 갔다. 사천왕문을 지나 용주사 경내로 들어가는 길 양 옆으로 선돌이 줄지어 세워져 있다. 용주사는 비운의 죽음을 맞은 사도세자의 아들인 정조 임금에 의해 중수가 이루어진 원찰이다. 용주사는 신라 문성왕 때 창건되었으나 병자호란 때 소실된 후 폐사되었다. 조선 정조대왕이 아버지 사도세자의 능을 화산으로 옮기면서 절을 다시 일으켜 원찰을 삼은 것이다. 오늘의 문학기행은 역사를 다시 공부할 수 있는 유익한 기회였다.

2014. 8. 30

삶, 그 아름다운 추억

세 말괄 달팽이들의 여행

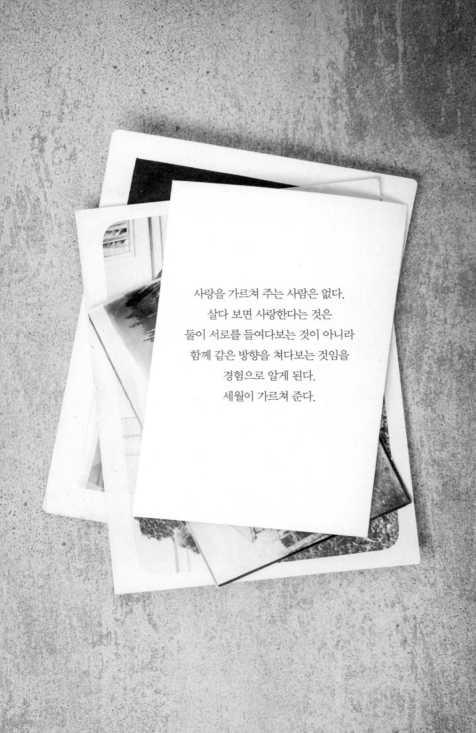

사랑을 가르쳐 주는 사람은 없다.
살다 보면 사랑한다는 것은
둘이 서로를 들여다보는 것이 아니라
함께 같은 방향을 쳐다보는 것임을
경험으로 알게 된다.
세월이 가르쳐 준다.

작품해설

인생의 자화상과
삶의 향기

한국문인협회 부이사장, 한국수필가협회 명예이사장 | 정목일

인생의 자화상과 삶의 향기

이순자 수필가의 작품세계

한국문인협회 부이사장, 한국수필가협회 명예이사장 | 정목일

1.

이순자 수필가의 제4 수필집 『삶, 그 아름다운 추억』은 고희를 넘겨 내는 것으로 70년의 삶과 사유로 지어 놓은 한 채의 집이다. 수필은 '나의 삶, 나의 인생'을 거짓 없이 담아낸 것이므로, 수필집은 자신의 인생 모습을 속속들이 보여주는 '마음의 집'이다. 이 수필집은 해방-분단-6·25전쟁-가족 찾기-월남파병-간호사·광부 파독 등 민족 격동기의 잊을 수 없는 삶의 장면들과 기억해야 할 모습들을 환기시켜준다. 과거의 일들은 세월이 갈수록 퇴색되어 잊혀지곤 하지만 암각화岩刻畵처럼 그 시대의 삶을 환기시켜 주는 기억 속에 사라지지 않은 삶의 모습들이 있다.

수필집은 유한한 삶을 지닌 인간이 취할 수 있는 유일한 영원장치이다. 인간은 수명이 끝나면 점차 소멸·망각을 거쳐 사라지는 존재지만, 수필집만은 '기록'을 통해 작가의 인생과 삶을 말해준다. 유한적인 삶을 살뿐인 인간에게 유일한 영원장치가 있다면, '수필쓰기'가 아닐 수 없다.

현대인들이 수필에 관심을 갖는 것은 시, 희곡, 소설 등은 픽션^{fiction}으로 실제 없었던 일을 있는 것처럼 꾸며낸 것이지만, 수필만은 논픽션^{nonfiction}으로 사실이란 점이다. 자신이 체험한 세계를 거짓 없이 거울에 비춰내듯 담아낸 글이다. 수필은 삶의 자화상으로서 그 시대와 공간의 모습을 보여준다.

이순자 수필가의 이번 수필집은 70년 인생의 자화상으로서 민족 격동기의 삶의 모습을 보여준다. 이 수필들은 한 개인의 자화상일 뿐만 아니라, 우리 민족이 분단, 전쟁, 가난을 극복하면서 살아온 숨 가쁜 삶의 표정을 보여준다.

이순자 수필은 개인 삶의 애환을 담았지만, 우리 민족 삶의 희비애락喜悲哀樂이 펼쳐져 있다. 격동기를 겪으며 느꼈던 애한哀恨, 어떤 고통과 어려움도 이겨내고야 마는 강인한 삶의 의지와 개척성을 담아냈다. 현대를 살아가는 젊은이들이 해방 이후 어떻게 살아왔는지, 생생한 삶의 모습들을 이순자 수필집이 보여주고 있다.

우리는 6·25 때 아버지는 일본에 사업차 가셔서 소식이 끊기고 28살의 엄마가 8살인 나와 5살, 3살 남동생을 데리고 기차 꼭대기에 짐을 싣고 부산으로 피난을 갔다. 주먹밥과 꿀꿀이죽으로 연명하며 살았다. 이때 고모는 흥남 부두 철수 때 3살, 1살 남매를 데리고 메리디스 빅토리호를 타고 거제도를 거쳐 부산으로 내려왔다. 고모부는 수많은 피난민들 틈에서 떠밀리다 배를 결국 타지 못했다.

시간이 흐르자 엄마는 국제시장에서 장사를 했다. 부산 부두에 정착 중인 배에서 시레이션(미군 전투식량)을 받아다가 국제시장에 내다 팔았다. 이

때 고모는 국제시장에서 엄마를 만났다. 피난민들은 국제시장을 헤매다 보면 가족의 소식을 들을 수가 있었다. 그리하여 엄마는 가장이 없는 일곱 식구를 먹여 살려야 하는 처지가 되었다. 나는 지금도 어디서 그런 힘이 생겼는지 알 수가 없다.

그러면서도 영도에 하꼬방(판자집)을 마련하여 아버지 친구 집 더부살이에서 해방되었다. 피난 온 학생들은 천막 교실에서 가마니 깔고 긴 의자를 책상 삼아 공부를 계속하였다. 학업은 중단되지 않았다. 주판은 산등성이나무에 걸어놓고 배웠다.

(중략)

큰동생이 서독 광부를 자원했다. 나는 광부가 탄광을 채취한다는 피상적인 얘기만 들었는데 영화를 보니 동생이 탄광 막장에서 그렇게 어려움을 견디어냈다는 것이 가슴 절절히 아파 왔다. 그러나 그 어려움 속에서도 간호사와의 사랑이 결실을 맺어 부부의 연을 맺게 되었다. 근무 연한이 끝나자 동생은 미국으로 진로를 바꿨다. 새 인생을 개척했다. 미국 이민 역시 초기에는 힘이 들었지만 광부 생활보다는 나았다고 했다. 지상에서의 생활이 지하 탄광보다야 훨씬 낫지 않겠냐고 훗날 얘기를 했다.

막냇동생이 대학교 2학년을 마치고 군대에 갔다. 그 당시 베트남은 전쟁 중이었는데 파월 장병으로 자원했다. 사지로 떠나보내는 누나의 마음은 찢어지는 것 같았다. 실질적인 가장역할을 하는 누나에게 부담을 주고 싶지 않다는 것이다.

– 「영화보다 더 영화 같은 가족사」 일부

이순자 수필가는 천만 관객을 동원한 영화 〈국제시장〉의 주인공보다 더 대한민국 현대사를 온몸으로 겪어낸 가족사를 담아내고 있다. 영화 〈국제시장〉은 해방 무렵에 태어난 한 남자의 자화상으로서 남북분단, 6·25전쟁, 4·19혁명, 파월 장병근무, 광부·간호사 독일 파견, 이산가족 찾기 등 근대 민족사를 겪어낸 삶의 족적을 담아낸 영화이다.

이순자 수필가의 「영화보다 더 영화 같은 가족사」는 가장 어려웠던 시대의 한 가족사의 삶의 장면들을 담아 놓았다. 2015년에 영화 〈국제시장〉은 관중 1,000만 명 이상이 관람했다. 6·25전쟁으로 황폐화 된 삶, 베트남 전쟁 국군파견, 광부와 간호사 독일 파견 등 가난을 극복하고자 몸부림쳤던 일들을 상기시킨다. 국민의 눈시울을 적시게 만든 KBS TV 방송을 통한 '이산가족 찾기' 운동도 있었다. 우리 민족만이 풀지 못하는 한恨이 복받쳐 오르게 했다. 이순자 수필가의 「영화보다 더 영화 같은 가족사」는 가족들이 얽힌 실상의 모습들로서 다시 한 번 이산가족의 한과 슬픔을 환기시켜 준다.

2.

이순자 수필가의 70여 년의 인생 목리문木理紋을 들여다본다. '목리문'이란 나무의 나이테 문양을 말한다. 나무는 생명체 중에서도 기록자이다. 일 년에 한 줄씩 나이테에 삶의 모습과 기억들을 그려 놓는다. 백 년 수령樹齡의 나무라면, 백 줄의 무늬로서 삶의 자화상을 아로새겨 놓았을 것이다. 나무의 목리문에는 하늘, 땅, 구름, 바람, 햇살의 말과 느낌이 아롱져 있고, 새와 빗소리가 스며 있을 것이다.

　이순자 수필가는 타고난 기록자의 습성을 지녔다. 철학가 데카르트는 '나는 생각한다, 그러므로 존재한다.'고 했다. '존재'라는 것은 현재의 삶인 '생존'을 말하고 있다. 죽음 이후는 생각할 수 없으므로 '부재不在'가 된다. 한 번뿐인 '나의 삶, 나의 인생'을 사라지지 않게 할 수 있는 유일한 장치는 '기록'뿐이다. 인생의 영원화 작업이 있다면 '수필 쓰기'가 있을 뿐이다. 이순자 수필가는 개인사, 가족사를 일기나 수필로 남겨 놓았다. 평범한 삶을 살았다고 하더라도 체험을 통한 인생의 발견과 깨달음을 꽃피워내려는 깨어있는 의식은 기록자가 되게 만들었다. 일기, 사진첩 등이 기록 장치이지만, 가장 좋은 장치가 있다면, 수필집이 아닐 수 없다.

　수필집이란 일생의 가장 화려하고 자랑할 만한 모습들을 담아 놓은 게 아니다. 삶의 고비마다 달라지는 희비애락喜悲哀樂의 모습과 감성, 사유, 발견, 깨달음이 있고, 자신에 대한 마음의 위로와 휴식과 그리움이 담겨 있다. 인생의 생생한 숨결과 뒷모습이 보이고, 어리석음에 대한 회환과 만남에 대한 환희도 있다. 이순자 수필집에선 평범 속의 비범함, 보통 속의 특별함이 반짝거린다.

　　고희의 또 다른 이름, 칠순에 가족들과 함께 '필경재'에서 식사를 했다. 식사 전에 간단한 딸의 축하 인사가 있었다. 며느리가 큰 꽃바구니를 준비했고 아들과 사위가 금일봉을 건넸다. 이어서 작은 앨범을 선물했다. 손자 손녀들의 선물과 편지도 나에게 전해졌다. 그 앨범 속에는 나의 70년 역사가 담겨 있었다.

한 달여 전, 딸이 일요일 날 오더니 광을 뒤져 30권의 앨범 중에서 여러 장의 사진을 간추렸다. 엄마가 제일 좋아하는 선물이 무엇일까 고민하다가 떠오르는 생각이 그동안의 삶에서 중요한 사진을 골라서 작은 앨범을 만들어 드려야겠다고 생각하였단다.

첫 번째로 나의 아버지 어머니의 결혼사진이 눈에 들어왔다. 웨딩드레스에 긴 베일을 쓰고 생화를 드신 어머니가 참 고우셨다. 1940년대 평양에선 최신식 결혼식이었다. 다음 장에는 어머니가 세 살짜리 나를 안고 찍은 사진이 있다. 신혼살림을 베이징에서 하셨단다. 양장에 고은 우단 옷을 입고 계신다. 한 장 한 장씩 나의 역사가 펼쳐지고 있었다.

한국전쟁이 나기 전에 일본에 계신 아버지에게 보내려고 찍은 가족사진도 있다. 내가 8살, 큰 남동생이 6살, 그리고 막내 남동생이 3살이다. 28살의 어머니는 참 젊어 보였다. 아마도 인편에 보내려고 찍었던 사진 같다. 그러고 나서 전쟁이 났다.

부산 피난 시절 교실이 없어 어린이회관 층계에서 공부하던 모습이 보인다. 나는 맨 앞줄에서 남자 고무신을 신고 무엇인가를 읽고 있다.

대학교 졸업 사진도 있다. 양단 저고리에 짧은 통치마 차림이다. 머리는 소도마끼(밖으로 구부린 모습)를 하고 있다. 왜 굳이 한복을 입었을까.

드디어 나의 결혼사진. 예물 교환을 위해 남편이 손을 내밀고 내가 반지를 끼워주고 있다. 나는 다이아몬드 2부, 남편은 백금 반지를 주고받았다. 45년이 지난 지금도 보물 제1호로 간직하고 있다.

– 「삶, 그 아름다운 추억」 일부

3.

　이순자 수필가는 독실한 가톨릭 신자로서 항상 기도하는 삶의 모습을 취하고 있다. 신앙을 지니고 있음은 삶에 있어서 환한 등불이 아닐 수 없다. 이순자 수필가의 삶의 등불인 '믿음'을 빼고는 그의 수필 세계를 언급할 수 없을 것이다. 하루를 아침 기도로 시작하여 저녁 기도로 마감한다. 이순자 수필가의 수필에선 낮은 자세로 올리는 마음의 기도가 스며있다.

　이순자 수필가는 '빈민貧民의 성녀聖女' 테레사 수녀의 주름진 얼굴을 떠올리며, 그녀의 기도를 듣는 시간이 있다. 인도의 빈민가에서 누더기를 걸친 어린이들을 안고 있는 늙은 테레사 수녀, 나병 환자들의 손을 잡고 얼굴을 비비고 있는 테레사 수녀의 기도는 언제나 맑은 눈물 속에서 시작된다. 손에 묵주를 든 테레사 수녀의 손은 굶주림에 지치고 병고에서 신음하는 이들의 이마를 짚어주고 있지만, 언제나 기도 속에 젖어 있다.

　이순자 수필가가 걸어온 인생의 길은 신앙의 길이었음을 보여준다. 2014년 한국을 찾은 교황과의 만남과 동행은 신앙의 길에 잊을 수 없는 감동과 은혜의 빛을 간직하는 계기가 되었다.

　격동기의 삶을 살아온 이순자 수필가의 인생 행보에는 기도의 울림이 있다. 어떠한 고됨과 어려움의 길이라고 할지라도 마음속에서 뿜어 오르는 기도가 있다. 손을 모으고 자리에 앉아 드리는 기도만이 아니라, 인생길을 가면서 올리는 발의 기도가 있다. 앨범을 보면서 지나온 인생길의 흔적과 추억들을 되살려 보는 시간을 통해 발의 기도를 다시금 되새겨 보는 시간을 가질 수 있다. 인생에 대한 통찰이 아닐 수 없다. 기도는 신과의 대화이기도 하지만, 마음을 닦는 정화작업이 아닐 수 없다. 신과 영혼 교감을 가지려면 먼저 자신의 마음에 묻은 탐욕, 어지러운 자국, 어리석음이란 먼지를 스스로 깨끗이 닦아내지 않으면 안 된다. 스스로의 잘못을 뉘우치고, 눈물로 마음을 씻어내어 텅 빈 맑은 마음이 되어야 신과 대화를 나눌 수 있을 것이다. 삶에 있어서 손의 기도, 발의 기도를 가진 사람의 표정은 언제나 맑고 신념이 차 있음을 느낀다. 이순자 수필가의 삶과 수필에서 신앙인이 갖는 자신감과 초연함의 모습을 보게 한다.

가톨릭 신도에게선 교황과 4박 5일 100시간을 함께 한 일은 일생에도 가장 잊을 수 없는 거룩함과 경이감의 시간이었을 것이다.

> '그분은 귀가 유난히 컸다. 세상의 말을 다 들어주시는 그 귀는 긍정적 에너지를 유발하는 눈부신 은총이다. 우리는 입을 줄이고 귀를 키우는 사람으로 거듭나야 하지 않을까.
> 한국 천주교 주교회의 방명록 구석에 조그맣게 서명한 것을 보고 자신의 존재를 더 작게 기록하는 그 크고 아름다운 마음에 그만 숙연해졌다.'

이순자 수필가는 교황과 동행하면서, '우리는 입을 줄이고 귀를 키우는 사람으로 거듭나야 하지 않을까.'라는 삶의 깨달음을 우리에게 던진다. 가톨릭 신도로서 교황과의 4박 5일 100시간을 함께 하는 일은 일생일대의 은총이 아닐 수 없다. 그 귀중한 기간 동안에 교황의 일정에 따른 일과 행적만을 기록했다면 동행기록에 불과할 것이다. 교황의 일거수일투족을 보면서 수필가로서의 발견과 깨달음을 통한 의미부여를 드러내고 있음을 본다. 작가는 '견자見者'이다. '보는 사람'이란 뜻으로 '관찰자'라는 의미이다. 다른 사람들이 모두 잠든 후에도 작가는 언제나 '깨어있어야' 한다. '관찰자'라는 뜻은 '기록자'임을 말한다. 관찰한 것에 대한 분석과 의미부여가 있어야 한다. 이순자 수필가가 교황과 보낸 100시간 동안 교황의 유난히 큰 귀와 세상의 말을 다 들어주는 모습을 연관시키면서 '긍정적 에너지를 유발하는 눈부신 은총'이라 한 것은 작가다운 관찰력과 의미부여가 아닐 수 없다. 이런 관찰력을 통한 발견과 의미부여의 능력이 중진 수필가로서의 무게를 더해 준다.

멀리 떨어져 있어도 누군가를 사랑하는 마음이 있으면 그 사람에게 사랑이 전해진다. 교황님은 신부일 때나 주교일 때나 추기경일 때나 교황일 때나 한결같이 사람을 사랑하였다. 교황님 모습을 보고 많은 사람들이 친근감을 느끼는 것은 교황님의 사랑을 사람들이 느끼기 때문이다.

교황님과의 만남으로 우리 모두가 성 프란치스코의 기도처럼 미움과 분열, 불신과 절망이 있는 곳에 사랑과 일치, 믿음과 희망을 전하는 사람이 되기를 희망한다.

교황님의 기도가 생각난다. 꽃동네에 가서 수도자를 만났을 때 "나를 위해 기도해 주세요. 제발 잊지 말아 달라."는 마지막 부탁의 말씀. 나도 기도 중에 이 기도를 잊지 않으리라.

교황님은 다른 종교지도자들에게 '서로 인정하고 다 함께 가자'고 하신 말씀은 종교 갈등이 세계 곳곳에서 불행의 원인이 되고 있는 현 상황에서 시의적절한 말씀이라고 생각한다.

이번 교황의 방한은 가톨릭에 이름만 걸어놓고 무관심했던 냉담자들에게도 복음의 참 의미와 독실한 신앙생활을 다시 일깨우는 소중한 계기가 되었다.

그분은 귀가 유난히 컸다. 세상의 말을 다 들어주시는 그 귀는 긍정적 에너지를 유발하는 눈부신 은총이다. 우리는 입을 줄이고 귀를 키우는 사람으로 거듭나야 하지 않을까.

한국 천주교 주교회의 방명록 구석에 조그맣게 서명한 것을 보고 자신의 존재를 더 작게 기록하는 그 크고 아름다운 마음에 그만 숙연해졌다.

교황님께서 4박 5일 100시간 동안 한국에 머물면서 갖는 의미는 누구와 대화를 하든 자신을 완전히 비우고 상대방의 입장에서 문제를 풀어가는 것이다. 가난한 이들, 신체 부자유자, 일본군 위안부, 세월호 희생자 유족 등 마음의 상처를 안고 살아가는 사람들의 고통을 자신의 것인 양 자비의 마음과 충만한 사랑으로 일관한 것이다.

오! 교황님. 감사합니다. 사랑합니다. 행복했습니다.

– 「교황과 함께했던 100시간」 일부

수필의 모습과 경지는 수필가의 인생을 반영한다. 수필은 바로 수필가의 인생 경지, 마음 경지가 아닐 수 없다. 인생에서 향기가 풍겨야 문장에서도 향기가 풍기는 법이다. 이순자 수필가의 인생관은 개인 중심적 사고에서 벗어나 이웃과 공동체를 위해 이해와 조화를 이루는 삶을 지향하고 있음을 본다. 자기주장에 앞서 상대방이나 주변의 의견을 경청하고 이해하여 화합과 공동선을 취하려는 모습을 보여준다. 겸허하고 진지하며 어떤 삶의 문제일지라도 이성과 감성을 조화시켜 원만한 방법을 찾아내는 슬기를 보여준다. 수필의 모습에서 그만이 터득한 삶의 온기와 인생에 대한 발견과 무게를 보여준다는 점이 예사롭지 않다. 수필에서 인생의 연륜과 신앙으로 갈고 닦는 마음의 향기와 기도가 스며있음을 느낀다.

4.

이순자 수필가에게서 새롭게 느껴지는 면모는 뚜렷한 인생관이다. 환경이나 형편에 따라서 삶의 모습이나 인생관이 달라진다. 이순자 수필가의 경우는 '나의 삶, 나의 인생'에 대해 목표나 계획성이 없이 세월을 보내고 마는 수동적인 삶의 모습을 보이지 않는다. 한 번뿐인 인생을 보다 의미 있게 알뜰하게 보내기 위한 기획과 실천력을 보여준다. 여성으로서 생활 여건이나 관행 등으로 자신의 인생 계획이나 개성적인 삶의 길을 택하기 어려운 실정임에도 자신만의 삶을 찾고 가꾸기 위해 교직자로서 정년퇴직보다 명예퇴직을 택해 인생 후반전을 개척해 왔다.

삶에 새로움을 맞기 위한 방법으로써 수영을 배우고 수필 공부를 시작하여 '나의 삶, 나의 인생'을 기록하기 시작했다. 관행적인 삶에 밀려가는 게 아니라, 자신의 계획과 의도에 의한 새롭고 바람직한 길을 발견하고 개척하고 있음이 남다른 모습이다. 인생의 운영자는 오직 자신임을 인식하고 자신이 걸어가야 할 길을 투시하고 있다. 삶에 대한 깨어있는 의식이 눈부시다. 여행, 미술관 순례, 가곡 배우기, 인생 상담 등 시간을 쪼개가며 주관적인 인생관으로 역동적인 삶의 모습을 보여준다. 70대 여성으로서 모범적이고 의미 있는 인생 후반전을 역동적으로 보여주고 있어서 긍정적이다. 70대 현대 여성이 보다 바람직하고 뜻있는 삶의 방향으로 살아가려는 의지와 모습을 여실히 보여주고 있다는 점에서, 이 수필집은 좋은 참고서가 돼준다. 70대의 연령층만이 아니라, 젊은 층의 독자들에게도 주관적이고 계획적인 인생 설계와 실천과 삶의 질과 방향성을 생각하게 만든다. 후반부 인생을 더 보람 있고 완성적인 길로 갈 수 없을까를 생각하면서 쓴 수필들에서 성숙과 보람의 무게가 느껴진다.

　　나는 인생 후반전에 나만의 삶을 찾기 위해 정년퇴직을 포기하고 명예퇴직을 했다. 그 당시에는 이런 단어조차 회자되지 않았다. 부모님 다 돌아가시고 자식들도 가정을 이루고 손자 손녀들도 나를 필요로 하지 않았다. 일주일에 세 번 수영을 하고 수필 공부를 하기 위해 또 좋은 강의를 듣기 위해 많은 시간을 할애했다. 뿐만 아니라 친구들과 여행도 다니고 박물관 대학도 다니고 미술관도 순례하고 공연도 보면서 나는 나만의 행복한 시간을 보낸다.
　　이번에 손녀가 대학에 들어갔다. 명문대에 들어간 스무 살의 청춘. 하지만 나는 손녀와 나의 삶을 바꾸고 싶지 않다. 누가 나보고 예전의 생활로 돌아가라고 한다면 젊음도 좋지만 나는 사양할 것이다. 육체적 건강은 예전만 못하지만 나의 문화생활을 유지할 정도는 되고 삶에 대한 의욕도 왕성하기에 나는 신 중년을 즐겁게 보내고 있다. 다시 말해 현재 삶에 만족한다. 나이에 알맞게 봉사하고 즐기는 일을 할 수 있는 이 시기가 참 좋다. 주관적

만족도가 높다는 뜻이다. 내 스스로 느끼는 나만의 행복감은 지금까지의 인생에서 가장 높다.

　요즈음 한 가지 더, 가곡을 배우고 있다. 학창 시절에 불렀던 노래를 다시금 부르면서 마음은 옛날로 돌아가고 있다. 나이는 신 중년 이지만 마음은 이십 대로 돌아가는 것 같다. '나'를 받아들이며 즐겁게 살고 있다.

　신 중년은 제2의 전성기임에 틀림없다. 나는 틈틈이 주변 사람들의 상담사 역할도 하고 있다. 상담교사를 했기에 다른 신 중년보다는 다른 사람의 얘기에 더 많이 귀를 기울일 수 있지 않을까. 또한 후배들을 보살피기에도 시간이 모자란다. 이 모든 능력을 주신 분께 감사한다.

　나는 신문이나 뉴스를 보다가 처음 듣거나 평소 궁금했던 얘기가 나오면 메모하는 습관이 있다. 이것은 신 중년에서 필요한 습관일 것이다. 지적인 면에서는 끝까지 젊은이로 남고 싶기 때문이다.

　요즈음 나는 건강과 품위를 유지하는 데 소비를 늘리고 있는 모습을 발견한다. 전에는 생각은 있지만 얼른 실천에 옮기지 못한 일이다. 특히 문화 소비에도 많은 지출을 하고 있다. 과거의 소비 패턴과는 다르다. 살아갈 날이 살아온 날보다 짧다는 위기의식이 나를 이렇게 변하게 한 것은 아닐까.

　하루하루를 무미건조하게 흘려보내는 것은 나 자신이 용납되지 않는다. 이제는 나를 위해 살자. 신 중년은 스스로를 위해 기꺼이 투자해야 한다고 생각한다.

　인생 후반전에서 가장 기쁨을 찾는 일은 명수필 한 편을 남기는 것이다. 그것이 평생을 치열하게 살아온 나의 신 중년의 마지막 의무다.

- 「6075 新 중년」 일부

이순자 수필가는 「6075 新 중년」에서 '가장 기쁨을 찾는 일은 명수필 한편을 남기는 일이다. 그것이 평생을 치열하게 살아온 나의 신 중년의 마지막 의무다.'라고 했다. 수필가로 나선 이상 좋은 작품을 남겨야 한다는 소망이 있다. 문학인에게는 당연한 바람이 아닐 수 없다. 좋은 수필은 좋은 인생에서 나온다. 진취적인 삶의 태도와 진지한 노력 등을 보면서 자신의 체험으로 얻은 수필을 통해, 독자들의 삶에 좋은 영양분을 주고 있음을 본다. 「6075 新 중년」은 인생 후반전을 맞는 사람들이나, 젊은이들에게도 바람직한 인생길에 대한 설계의 필요성을 말해 주고 있다.

수필은 흔히 '40대의 문학'이라는 말을 하기도 한다. 시, 소설, 희곡 등의 장르에 있어선 등단자의 평균 나이가 20~30대이지만, 수필만은 60대 이후가 많다. 왜 이런 현상이 생기는 것일까. 수필은 상상력만으로 쓸 수 없는 글이다. 인생의 체험이 깃들고, 체험에 인생의 의미와 깨달음이 담기려면 40대쯤 돼야만 깊이와 무게를 얻을 수 있음이다. 물론 나이가 많을수록 수필을 잘 쓸 수 있다는 말은 아니다. 인생 경지가 수필의 경지가 되므로 체험이 많을수록 소재와 더불어 깊이를 지닐 수 있다. 물론 체험을 형상화시키기 위해선 문장력이 있어야 하고, 작가의 안목과 인생적인 깊이가 있어야 한다.

좋은 수필은 좋은 인생에서 나온다. '좋은 수필'이란 보는 눈에 따라 다르겠지만, 독자들의 마음에 감동의 향기를 안겨주는 수필일 것이다. 이순자 수필가는 서두르지 않고 명수필을 남기고 싶어 하는 소망을 지니고 있다. 문인이라면 누구나 지니는 마지막 소망이 아닐 수 없다. 이번 수필집 상재도 그 길을 가기 위한 전제의 공든 탑으로 읽혀진다. 이순자 수필가의 수필에 대한 부단한 노력과 연마는 삶의 완성을 위한 꾸준한 열성에서 열매 맺게 되리라는 것을 이 수필집을 통해 확인한다. 이순자 수필가의 이번 수필집 상재로 70 연륜의 무게와 인생에서 얻은 삶의 지혜, 향기를 맛보는 정갈한 시간을 갖는다.

칠순 잔치 때 가족과 함께

필경재에서 남편과 함께

'삶, 그 아름다운 추억

삶, 그 아름다운 추억

Life, The beautiful memory

李純子 수필집

사단
법인 한국수필가협회